그때 프리드리히가 있었다

(주)푸른책들은 도서 판매 수익금의 일부를 초록우산 어린이재단에 기부하여 어린이들을 위한 사랑 나눔에 동참합니다.

청소년문학 보물창고 17

그때 프리드리히가 있었다

펴낸날 초판 1쇄 2005년 8월 25일 | 초판 10쇄 2022년 9월 15일
지은이 한스 페터 리히터 | 옮긴이 배정희 | 펴낸이 신형건
펴낸곳 (주)푸른책들 · 임프린트 보물창고 | 등록 제321-2008-00155호
주소 서울특별시 서초구 양재천로7길 16 푸르니빌딩 (우)06754
전화 02-581-0334~5 | 팩스 02-582-0648
이메일 prooni@prooni.com | 홈페이지 www.prooni.com
인스타그램 @proonibook | 블로그 blog.naver.com/proonibook
ISBN 978-89-90794-17-8 04850
＊잘못된 책은 구입한 곳에서 바꾸어 드립니다.

DAMALS WAR ES FRIEDRICH
by Hans Peter-Richter
copyright ⓒ 1980 Leonore Richter-Stiehl, Mainz
All rights reserved.
Korean translation Copyright ⓒ 2005 by Prooni Books, Inc.
Korean Translation edition is published by arrangement through Agency Chang, Daejeon
이 책의 한국어판 저작권은 에이전시 창을 통해 국내 독점 계약으로 (주)푸른책들에 있습니다.
저작권법에 의해 한국 내에서 보호를 받는 저작물이므로 무단 전재와 복제를 금합니다.

이 도서의 국립중앙도서관 출판시도서목록(CIP)은 서지정보유통지원시스템 홈페이지(http://seoji.nl.go.kr)와 국가자료공동목록시스템(http://www.nl.go.kr/kolisnet)에서 이용하실 수 있습니다. (CIP제어번호: CIP2005001469)

보물창고는 (주)푸른책들의 유아 · 어린이 · 청소년 도서 전문 임프린트입니다.

그때 프리드리히가 있었다

한스 페터 리히터 지음
배정희 옮김

캐테 콜비츠 '죽은 아이를 품에 안고 있는 어머니' (1921)

보물창고

차례

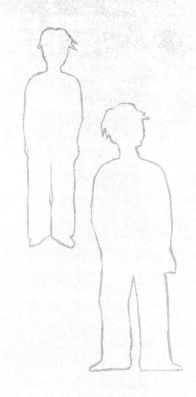

사람들은 그를 폴리카르프라고 불렀다. 그가 우리 집 앞 정원을 차지하고 있는 동안 그 이름은 한 번도 바뀌지 않았다.

폴리카르프는 녹색 바지에 빨간색 조끼를 입고 푸른색 모자를 쓰고 있었다. 왼손을 바지 주머니에 넣고, 오른손에는 기다란 파이프를 들고 서 있는 모습이 마치 하루 일과를 마치고 휴식 시간을 즐기는 사람 같았다. 그는 그렇게 잔디밭 한가운데 서서 정원 너머를 바라보고 있었다.

폴리카르프는 절대 그 자리를 떠난 적이 없었다. 그가 정원 울타리에 핀 달리아를 볼 수 없을 정도로 풀이 자라면, 집주인 레쉬 씨의 아내는 잔디 깎는 가위를 들고 나와 좁은 풀밭을 기어다니면서 성냥개비 길이만큼 짧게 풀을 깎아 놓는다.

집주인 레쉬 씨를 볼 수 있는 것은 날씨가 좋은 공휴일뿐이었다. 그는 정원 중앙까지 느릿느릿 걸어 들어갔다가 그의 아내가 재빨리 의자를 가져다 주면, 숨을 가쁘게 몰아쉬며 정원을 지켜 주는 난쟁이 폴리카르프 옆에 다가가 앉는다.

뚱뚱한 레쉬 씨는 정확히 한 시간 동안 의자에 앉아 있었다. 그는 거리를 지나다니는 사람들을 자세히 살펴보고, 폴리카르프 주위를 한 바퀴 빙 돈 후 다시 집 안으로 들어간다. 그리고 다음 공휴일이 돌아올 때까지 폴리카르프와 정원과 거리를 창문 너머로만 바라본다.

집주인 레쉬 씨는 수영복 대리점 사장으로부터 시작해 도매상 사장까지 되었다. 지금은 일을 하지 않고 자신이 고용한 사람들에게 확성기로 사업을 지휘하기만 한다. 마침내 그는 누군가를 다스리는 위치에 서 있게 되었고, 모두가 그 사실을 확실히 느끼게끔 해 주었다. 그가 소유한 도매상과 셋집은 그의 제국이었으며, 고용인들과 세입자들은 모두 그의 종복이었다.

우리는 2층에 세 들어 살고 있었다. 아니, 정확히 말하자면 그 당시 나의 부모님이 2층에 살았다. 아빠가 실직한 상태여서 내가 태어나기 전에 레쉬 씨의 집보다 더 작은 집으로 이사 가려 했다고 한다.

1925년, 대부분의 독일인들은 저축해 둔 돈이 바닥났다. 이제 막 인플레이션[1]을 치러 냈기 때문에 아빠에게 당장 그럴 듯한 일자리가 생길 가망성은 없었다. 어디를 가나 곤궁과 실업이 불어나고 있었다.

내가 태어나자 부모님의 걱정은 더욱 커졌다. 일단 먹이고 입혀야 할 식구가 하나 더 늘었기 때문이다.

내가 태어나고 정확히 일 주일 뒤에 프리드리히 슈나이더가 태어났다. 슈나이더 씨 가족은 우리 집 바로 위층에 살았고, 슈나이더 씨는 우체국 공무원이었다. 그는 아침에 출근할 때 다정하게 인사를 건넸고, 저녁때 퇴근하면서 마찬가지로 다정하게 인사를 했다. 하지만 그렇게 가끔씩 말을 주고받는 게 전부였기 때문에 우리 부모님은 슈나이더 씨에 대해 잘 알지 못했다.

슈나이더 부인은 키가 작고 머리가 검은 여자였는데 슈나이더 씨보다 더 보기가 힘들었다. 그녀는 장을 보거나 계단 청소를 하고 나면 곧장 집 안으로 사라졌다. 사람들과 마주치면 미소를 짓기는 했지만, 거리에 서 있는 일은 결코 없었다. 우리 부모님들이 서로 가까워지게 된 것은 프리드리히와 내가 며칠 차이로 태어나고부터였다.

* 양파 케이크

엄마와 내가 아침식사를 채 끝내기도 전에 슈나이더 부인이 우리 집 초인종을 눌렀다. 그녀는 사람들이 모여 있는 시청 광장에서 연설을 하기로 돼 있었는데, 프리드리히를 집 안에 혼자 둘 수도, 데리고 갈 수도 없는 상황이었다. 슈나이더 부인은 엄마에게 프리드리히가 우리 집에 와 있어도 괜찮겠냐고 물었다.

"그냥 데리고 오세요. 여기서 둘이 같이 놀면 되지요."

30분 후, 프리드리히가 우리 집에 왔다. 사실 우리는 한 번 다툰 적이 있기 때문에 서로를 알고 있었다. 하지만 프리드리히가 위층에 산 지 4년이 되도록 우리 집에 온 적은 한 번도 없었다.

나는 장난감이 있는 방 앞에서 두 다리를 벌린 채 버티고 섰다. 엄마의 꾸지람에도 아랑곳하지 않고 프리드리히를 노려보았다. 내 장난감을 같이 가지고 놀지 않겠다는 뜻이었다.

프리드리히는 나를 쳐다보더니 복도 문에 등을 기대고 쪼그려 앉았다. 그러고는 바지 주머니에서 한 뼘 길이의 막대기 하나를 꺼냈다.

"우리 아빠가 슈바르츠발트에 갔을 때 거기서 사다 주셨어. 이게 바로 뻐꾸기피리야!"

프리드리히는 피리를 입에 대고 '뻐꾸기'를 불었다. 다 불자 입에서 피리를 떼면서 나에게 씨익 웃어 보였다. 그러고는 또 한 번 피리를 부는 것이었다.

프리드리히가 '뻐꾸기'를 한 번씩 불 때마다 나는 한 발자국씩 프리드리히에게 다가갔다. 결국 나는 그 애 옆에 바짝 다가서게 되었다. 프리드리히는 또 한 번 말없이 웃고는 내 손에 뻐꾸기피리를 쥐어 주었다. 처음에 나는 무슨 뜻인지 몰라서 프리드리히를 멍청히 쳐다보기만 했다. 한참 뒤에야 그 애의 마음을 알아차리고 말없이 그 애의 소매를 잡아끌었다. 우리는 복도를 지나 내 장난감이 있는 방으로 갔다.

"이거 너 가지고 놀아도 좋아."

하지만 곰 인형 하나만은 빌려 주지 않았다. 나는 곰 인형을 안고 침대 옆 구석으로 기어들어가서 피리를 불기 시작했다. 계속 '뻐꾸기'만 불었다.

프리드리히는 일단 내 장난감 상자를 다 헤집어 놓았다. 그리고 블록을 몽땅 쌓아올려 탑을 하나 만들었다. 그런데 탑이 자꾸만 무너져 내렸다. 처음엔 탑이 무너지는 게 재미있는지 녀석은 그 때마다 깔깔대며 웃었다. 하지만 얼마 지나지 않아 블록을 들고 투덜댔다. 결국 프리드리히는 장난감 상자를 몽땅 뒤엎고는 다른 장난감을 찾기 시작했다. 그 때 프리드리히가 집어 든 것은 내 화물차였다. 녀석은 블록을 수송칸과 연결차에 차곡차곡 쌓았다. 그러고는 짐을 가득 실은 화물차를 몰고 온 방 안을 가로지르며 돌아다녔다.

그 동안 나는 '뻐꾸기' 불기에 지쳐 버렸다. 피리를 불어 보는 건 처음이라 아래턱이 얼얼했다. 나는 피리를 한쪽으로 치우고 장난감 상자에서 기차를 꺼냈다. 프리드리히와 함께 선로를 연결하고 그 위에 열차를 세웠다. 나는 태엽이 달린 기차를 갖고, 프리드리히는 테이프가 달린 기차를 몰았다.

기차가 출발했다. 기차를 멈추게 하려면 바닥에 배를 깔고 엎드린 채로 기차를 뒤쫓아 가면서 기관차에 있는 지렛대를 돌려야 했다. 하지만 대개는 태엽이 다 풀리면서 저절로 섰다. 처음에 우리는 말밤을 기차에 실으면서 화물차 놀이를 했다. 하지만 내가 프리드리히에게 기차를 탈선시키는 것을 보여 주고 나서부터는 기차 사고 놀이를 했다.

놀이에 지친 우리는 몸을 쭉 뻗고 누워 말없이 천장을 보았다. 방바닥에는 블록, 선로, 건과, 기차, 낡은 걸레와 종이 조각이 여기저기 널려 있었다. 내 곰 인형만 한쪽 구석에 똑바로 앉아서 그 난장판을 바라보고 있었다.

그 때 엄마가 들어와서 양파 케이크 굽는 일을 도와 달라고 했다. 우리 집에서 양파 케이크는 특별한 일이 있을 때만 먹는 음식이었다. 아빠가 가장 좋아하는 음식이기도 했다. 엄마가 양파 케이크를 만들 때면 아빠와 나는 꼭 엄마를 도왔다. 보통 때는 아빠가 감자를 갈았고, 나는 눈에서 눈물이 나도록 양파를 다졌다.

그런데 그 날 오후에는 아빠가 없었기 때문에, 내가 껍질 벗긴 감자를 기계에 넣으면 프리드리히는 기계를 돌리며 감자를 갈았다. 엄마는 우리 손이 다칠까 봐 손수 양파를 썰었다. 대신에 우리는 감자를 갈고 나서 밀가루와 소금을 뿌렸는데, 그런 일을 한다는 것이 스스로도 대견스러웠다.

엄마는 기름을 두른 프라이팬을 화로에 올렸다. 우리는 더 잘 보려고 화로에 바싹 다가갔다. 기름이 자글자글 소리를 내며 탁탁 튀었다. 케이크 반죽이 팬에 들어가자 치지직 소리가 났다. 온 부엌이 연기로 자욱했다. 그리고 맛있는 냄새가 났다. 엄마가 양파 케이크를 뒤집어 구웠다. 양파 케이크의 가장자리는 어두운 갈색이었고, 가운데는 그보다 더 밝은 갈색이었다. 가운데 부분은 밝은 적갈색이 되었다가 점점 회색빛이 도는 녹색으로 변해 갔다. 드디어 케이크가 다 익은 것이었다.

가장 먼저 구운 양파 케이크는 프리드리히의 몫이었다.

"앗, 뜨거워!"

프리드리히는 양파 케이크를 후후 불며 이 손 저 손 옮겨 들면서 먹었다. 내가 프리드리히의 손에서 갓 구운 양파 케이크를 가로챘고 프리드리히가 그 케이크를 다시 빼앗아 가는 바람에 우리는 서로 엉겨 붙어 싸우고 말았다. 엄마는 그런 우리를 야단쳤다.

프라이팬 속의 기름이 타닥거리며 튀었다.

양파 케이크가 바닥에 떨어졌다. 그제서야 우리는 양파 케이크를 반씩 나눠 먹기로 했다. 프리드리히가 한쪽을 베어 먹고, 내가 다른 쪽을 먹었다. 우리는 양파 케이크를 몽땅 먹어 치웠다.

일종의 잔치를 치른 우리는 피곤하기도 하고 배도 불러서 화로 옆의 벽에 기대어 앉았다.

"너희들, 아빠 몫은 하나도 안 남겼구나. 에이그!"

엄마는 프라이팬을 닦고 나서 우리를 찬찬히 살펴보았다.

"너희들 그 꼴이 뭐니! 어서 욕실에 가 있으렴."

우리는 물장난을 칠 생각에 신이 나서 소리를 질러 댔다. 그 바람에 더 이상 엄마가 하는 말은 들리지 않았다.

우리는 욕조 속에서 소리를 지르고 첨벙거리고 물을 튀기며 깔깔댔다. 엄마는 걸레로 욕실 바닥에 흥건하게 튄 물을 닦기에 바빴다. 아래층에서 누군가 시끄럽다고 바닥을 두드리고 나서야 우리는 조용해졌다. 그 틈을 타서 엄마는 우리를 씻겨 주었다. 얼마나 지저분했는지 비누칠 한 번으로는 씻은 티도 안 났다. 세 번째 비누칠을 헹구고 나서야 원래대로 깨끗해졌다.

내가 욕조 안에서 계속 첨벙거리고 있을 때, 엄마는 프리드리히를 씻기고 있었다. 엄마가 프리드리히의 몸을 수건으로 닦아 주고는 웃으며 말했다.

"자, 다 됐다. 넌 정말 유대인 소년 같구나, 프리드리히."[2]

"엄마! 밖에 눈이 멋지게 내리고 있어요. 나가고 싶어요."

부엌에서 엄마가 대답했다.

"그러고 싶겠지. 하지만 일단 하던 일은 마치고 나가자, 얘야."

집 앞의 정원이 눈으로 완전히 뒤덮였다. 하얀 솜이불 같은 눈 위로 폴리카르프가 쓴 파란 모자의 꼭지만 삐죽 나와 있었다. 현관에서부터 야트막한 정원 문까지 블록을 깔아 만든 길 위에는 아무도 밟지 않은 눈이 반짝거렸다.

눈송이가 소복소복 쌓이고 있는 와중에 레쉬 부인이 정원으로 걸어 나왔다. 그러더니 보도블록 위에 쌓인 눈을 삽으로 떠서 짧게 깎은 장미 덤불이 있는 정원 옆으로 치우고는 다시 집 안으로 들어가 버렸다. 레쉬 부인이 눈을 정원 옆으로 치우는 바람에 현관문에서부터 정원의 작은 문까지 기다란 언덕이 생겨 났다.

"엄마, 아주머니가 눈을 다 치워 버렸어요."

"괜찮아! 앞으로도 계속 많이, 더 많이 올 거야."

엄마는 웃으며 말했다.

그 때 갑자기 현관문이 쾅 닫히는 소리가 들렸다. 프리드리히가 정원 문 쪽으로 달려 나가고 있었다. 프리드리히는 두 발로 껑충 뛰어 눈 속으로 들어갔다. 녀석은 조심스럽게 성큼 한 발자국을 내딛고는 뒤로 돌아 자기 발자국을 내려다보았다. 그리고 다시 몸을 일으켜 세우더니 머리를 한껏 뒤로 젖히고 입을 벌렸다. 내리는 눈발을 잡으려는 듯 혀까지 쑤욱 내밀었다. 프리드리히는 그렇게 한참 동안 내리는 눈을 먹었다. 그리고 다시 자기 발자국을 내려다보았다. 잠시 후 뭔가 새로운 생각이라도 떠오른 듯이 눈 속을 달리기 시작했다. 눈 때문에 걷기가 힘들었는지 미끄러지듯이 눈 위를 내달렸다. 프리드리히의 주변에서 눈구름이 어지럽게 일어났다.

"엄마, 아직도 멀었어요? 프리드리히는 벌써 밖에서 놀고 있어요."

"얌전히 기다리는 걸 좀 배워야겠구나. 조금만 더 참아라."

프리드리히가 이웃집 앞에 있는 것을 발견한 슈나이더 부인은 현관문을 조용히 닫고는 프리드리히의 등 뒤로 살그머니 다가갔다. 프리드리히가 눈치채기 전에, 그녀는 두 손 가득 눈을 담아 프리드리히의 머리 위로 뿌렸다. 프리드리히는 깜짝 놀라 소리를 지르고 머리를 흔들면서 사방을 두리번거렸다. 슈나이더 부인이 점점 더 많은 눈을 던지자, 프리드리히는 다섯 손가락을 활짝 편 손으로 얼굴을 가리며 웃었다. 그러고는 눈 폭격을 피하기 위해 자기 엄마의 외투 속에 머리를 파묻다가 그 품에 덥석 안겼다.

슈나이더 부인은 눈 속에 주저앉아 웃으면서 프리드리히를 끌어안고는 외투에 묻은 눈을 털어·주었다. 그리고 나서 프리드리히의 어깨를 잡고 눈 속에서 빙글빙글 춤을 추었다.

"엄마, 프리드리히네 엄마도 내려갔어요. 우리도 내려가요!"

엄마가 한숨을 내쉬었다.

"엄마 좀 괴롭히지 마라, 얘야. 안 그래도 서두르고 있단다."

슈나이더 부인은 좌우를 살펴 거리에 아무도 없는 것을 확인한 다음 미끄러지듯 달리며 전철 선로를 건너갔다. 서너 번 그렇게 하자 한눈에 알아볼 수 있는 미끄럼 자국이 생겼다. 부인은 몇 걸음 더 걸어가서는 전철 선로 위로 뛰어올랐다. 그리고 두 팔을 벌리고 단단하게 다져진 눈 위를 미끄러져 갔다. 그녀가 매우 즐거워한다는 것쯤은 누가 봐도 알 수 있었다. 슈나이더 부인은 다시 한 번 미끄럼을 타다가 그만 휘청하여 균형을 잃고 말았다. 두 발이 미끄러지면서 쿵 소리를 내며 눈 위에 주저앉았다. 슈나이더 부인은 큰 소리로 웃으며 그대로 앉아 있다가 프리드리히가 일으켜 세우려고 하자 그제야 일어났다.

프리드리히도 자기 엄마를 따라서 미끄럼을 탔지만 잘 타지는 못했다. 조금 달려간 다음 두 발을 앞뒤로 벌려야 하는데 옆으로 나란히 두었기 때문이다. 프리드리히는 허공에서 두 팔을 허우적거리곤 했다. 하지만 그 때마다 슈나이더 부인이 잡아주어서 넘어지지는 않았다.

"엄마, 프리드리히가 눈 위에서 미끄럼을 타고 있어요. 우리도 빨리 가요."

엄마는 마지못해 대답했다.

"설거지는 마저 하고 가야지. 눈길이 그렇게 빨리 녹아 없어지진 않잖니."

프리드리히는 깨끗한 눈으로 조그만 공을 만들었다. 그리고 힘껏 단단하게 뭉쳐서 집 입구 앞에 하나씩 쌓아올렸다. 슈나이더 부인도 눈으로 공을 만들어 집 맞은편 보도의 난간 위에 쌓았다. 그녀는 재빨리 그 일을 해치우고는 프리드리히를 도와주었다.

어느새 두 사람은 눈싸움을 시작했다. 프리드리히는 우리집 쪽 거리에 서 있었고, 슈나이더 부인은 도로 한가운데 서서 대적했다. 프리드리히가 눈공을 멀리 던지지 못하기 때문이었다. 눈공이 이리저리 날아들기 시작했다. 처음에는 프리드리히가 슈나이더 부인을 맞추었다. 슈나이더 부인이 새 눈공을

줍느라고 몸을 숙이는 사이, 그녀의 등을 맞춘 것이다. 다음에
는 슈나이더 부인이 던진 공이 프리드리히의 배를 맞추고 하얗
게 자국을 남겼다. 프리드리히와 슈나이더 부인은 몸을 숙이고
이리저리 뛰어다니며 눈싸움을 하느라 얼굴이 빨갛게 달아올
랐다. 그들은 즐거워하면서 마음껏 뛰놀았다.

"엄마, 프리드리히는 눈싸움해요. 저도 같이 하고 싶어요."

내가 침울하게 말하자 엄마는 나를 달랬다.

"애야, 엄마 곧 끝날 거야. 그럼 우리도 나가자."

슈나이더 부인은 눈이 높직이 쌓여 있는 장소를 하나 찾아
냈다. 거기에서 또다시 눈을 뭉쳐 공을 만들었다. 그런데 이번
에는 던지지 않고 눈 속에다 묻는 것이었다. 그러고는 눈공을
깨끗한 눈 속에서 굴리고 또 굴렸다. 조그마하던 눈공이 금세
커졌다. 슈나이더 부인은 눈싸움을 멈추고 뭉친 공을 탁탁 두
드려 단단하게 다졌다.

프리드리히는 호기심에 찬 눈으로 엄마를 지켜 보았다. 그
러다가 갑자기 신선하고 깨끗한 눈이 쌓여 있는 장소를 찾아
달려가서는 자기 엄마가 하는 것처럼 조그만 눈공을 굴려서 커
다란 눈덩이를 만들기 시작했다.

슈나이더 부인이 먼저 모든 준비를 마쳤다. 그것은 엄청나
게 큰 눈덩이였다. 그녀는 온 힘을 다해 우리 집 앞 보도까지
그 눈덩이를 굴려 와서 단단하게 다졌다. 그 다음 그 눈덩이 위

에 걸터앉아서 윗부분을 납작하게 만들고는 프리드리히가 굴려 만든 눈덩이를 올려놓았다. 두 개의 눈덩이 사이의 이음새에 눈을 덧발라 매끈하고 둥그스름하게 매만져 주었다.

나는 소리쳤다.

"엄마, 이번엔 눈사람을 만들고 있어요!"

"그래그래, 간다, 가. 이제 나가자꾸나!"

엄마는 곧 두꺼운 겨울용 신발과 코트를 가지고 왔다. 내가 옷 입는 것을 도와 주면서 함께 창문 너머를 바라보았다.

슈나이더 부인과 프리드리히는 이제 눈기둥을 굴려 눈사람의 팔을 만들고 있었다. 프리드리히가 완성된 팔을 건네 주자 부인은 눈사람의 몸통에다 팔을 붙였다. 그런데 팔이 자꾸 부러지는 것이었다. 결코 만만치 않은 일 같아 보였다.

"자 봐라, 아직도 눈이 내리고 있지?"

엄마는 나에게 목도리를 매어 주고, 북슬북슬한 털실로 짠 모자를 귀 위까지 바짝 당겨 씌워 주었다. 그리고 엄마가 새로 짜 준 벙어리장갑을 처음으로 끼었다. 엄마는 나를 머리부터 발끝까지 훑어보고 나서 말했다.

"자, 엄마도 옷을 갈아 입을게. 그 다음에 눈 속으로 들어가는 거다!"

프리드리히가 또다른 눈사람 머리를 만들기 위해 공을 굴리고 있는 동안, 슈나이더 부인은 공용 쓰레기통 속을 뒤졌다. 거기에서 석탄재 조각과 감자 껍질, 깨진 맥주병 조각을 찾아 냈다. 프리드리히는 자기 엄마의 발 앞까지 눈사람 머리를 굴려 보냈다. 슈나이더 부인은 프리드리히가 만든 커다란 눈덩이를 번쩍 들어 몸통에다 올려놓았다. 그리고 맥주병 조각을 박아 눈사람 코를 만들었다. 석탄재 조각은 눈이 되었고, 감자 껍질은 재미있게 생긴 갈색 귀가 되었다.

나갈 채비를 마친 엄마가 내 등 뒤로 다가왔다.

"다 됐다. 나가자!"

엄마는 창 밖을 내다보며 말했다.

"멋진 눈사람이구나! 모자만 있으면 되겠네."

슈나이더 부인은 눈사람이 별로 마음에 들지 않는 모양이었다. 눈사람을 앞뒤로 살펴보며 고개를 갸우뚱하더니 집 안으로 들어갔다.

프리드리히는 여기저기 눈사람을 손보았다. 한쪽 면을 반반하게 쓸어 내리고 오른쪽 팔을 단단하게 고정시켰다. 그러고는 집에서 나오고 있는 자기 엄마를 향해 천천히 걸어갔다.

정원의 보도블록 옆으로 눈 언덕이 만들어져 있었다. 프리드리히가 그 언덕 위로 풀쩍 뛰어오르자마자 스르르 눈 속으로 꺼져들었다. 그는 미소를 지으며 눈 언덕 위를 쿵쾅거리면서 집으로 걸어갔다.

그 때 아래층 창문이 드르륵 열리더니 레쉬 씨가 고래고래 소리를 질렀다.

"내 집 장미나무를 제발 좀 가만히 놔 두지 못해? 이 유대인 꼬마 놈아!"

엄마는 창가에서 한 발짝 뒤로 비켜 서며 내게 말했다.

"창가에서 물러서. 어서!"

*외할아버지

엄마의 아버지, 그러니까 나의 외할아버지는 철도원이었다. 그래서 여행을 많이 다녔다. 외할아버지는 우리가 살고 있는 도시를 지나는 동시에 그 곳에서 운행을 멈추는 기차를 탈 때면 우리 집에 들르곤 했다. 물론 미리 편지를 보내 그 소식을 알렸다.

외할아버지가 방문 계획을 알려 오면, 엄마는 흥분 속에서 집 안을 정리하기 시작했다. 오랫동안 손길이 닿지 않았던 곳의 먼지를 닦아 내고, 외할아버지에게 대접할 원두커피를 사기 위해 아끼고 아꼈던 비상금을 꺼냈다.

엄마가 솔로 내 손을 어찌나 세게 문질렀는지 나는 손이 아파서 아무것도 잡을 수 없는 지경이 되기도 했다. 엄마는 헝클어진 채 뻣뻣하게 일어나는 내 머리에 가르마를 타고 물을 발라 주었다.

나는 교회에 가는 일요일에나 입는 양복을 입고 외할아버지
가 도착할 시간에 맞추어 복도에서 기다렸다. 초인종이 울리면
내가 문을 열었다. 그러고는 고개를 깊숙이 숙여 인사했다.

"안녕하세요, 할아버지! 우리 집에 오신 것을 환영합니다!"

외할아버지는 아무 말도 하지 않고, 나를 지나쳐 갔다. 빠른
걸음걸이로 온 집 안을 모두 둘러본 후 거실로 들어오면 비로
소 바쁜 발길을 멈추었다. 그제야 우리는 외할아버지와 악수를
할 수 있었다.

외할아버지는 내게 손을 내밀어 보라고 했다. 내 손은 깨끗
했다. 그 다음에 나는 돌아서서 한 발씩 들어올려야 했다. 신발
바닥과 굽 사이의 오목한 부분이 구두약으로 잘 닦여져 있는지
확인하려는 것이다. 우리 가족은 외할아버지의 이 같은 이상한
버릇을 잘 알고 있었다. 결국 외할아버지는 야단칠 거리를 하
나도 찾아 내지 못했다.

이런 절차가 끝나고 나면 외할아버지는 거실 의자에 허리를
꼿꼿이 세우고 앉았다. 외할아버지의 자리는 늘 변함이 없었
다. 외할아버지 맞은편에는 아빠가 앉았다. 엄마는 외할아버
지의 시중을 들기 위해 외할아버지가 앉은 의자 뒤쪽에 서 있
었다.

나는 솔로 문질러 빨개진 두 손을 무릎 위에 올려놓은 채 조
용히 구석에 쪼그리고 앉아 있었다. 내가 몸을 움직이기라도

하면 엄마는 내게 눈치를 주었다. 그러고는 조용히 하라는 듯 집게손가락을 입술에 대었다.

외할아버지는 늘 그랬듯이 아빠에게 일장 연설을 했다. 그리고 아빠가 일자리를 구하려는 노력을 덜 한다고 비난했다. 아빠는 고개를 떨어뜨리고 듣고만 있었다. 이 대화가 어떻게 끝날지 너무나 잘 알기 때문이었다. 외할아버지와의 대화는 늘 똑같은 방식으로 진행되었다. 맨 마지막에는 마치 규칙처럼 이렇게 얘기했다.

"자네가 나처럼 철도 쪽으로 갔다면, 이렇게 가족을 곤궁에 빠뜨리지는 않았을 걸세."

아빠는 고개를 끄덕였다.

"하지만 저 아이는 철도 쪽으로 갈 거야. 내가 장담하지. 저 아이는 확실한 장래를 가져야 하고, 노후연금을 탈 권리도 가져야 해!"

아빠는 이번에도 외할아버지의 뜻에 동의했다. 아빠는 늘 외할아버지의 뜻을 거스르는 법이 없었다.

그 당시 우리는 아빠의 실업 수당 외에 별다른 수입이 없었다. 대신 외할아버지가 우리에게 매달 돈을 보내 주었다. 그 돈은 모두 살림을 하는 데 쓰였다. 아마 외할아버지가 도와 주지 않았더라면 우리는 훨씬 더 자주 굶었을 것이다. 그래서 아빠는 언제나 외할아버지의 말에 동의하는 태도를 보였다.

갑자기 위층에서 쿵! 소리가 나면서 전등이 흔들렸다.

"프리드리히다!"

내가 큰 소리로 말했다.

외할아버지는 엄격한 눈초리로 나를 쳐다보며 물었다.

"프리드리히가 누구냐?"

아빠는 아무렇지 않게 말했다.

"저희 집 위층에 슈나이더라는 성을 가진 유대인 가족이 삽니다. 그 집 아들이 프리드리히인데, 이 녀석하고 동갑이라서 서로 친구하고 있습니다."

외할아버지가 못마땅한 듯 쿨럭이며 말했다.

"유대인 가족이라고?"

아빠가 대답했다.

"네. 좋은 사람들이지요."

외할아버지는 입술을 꽉 다문 채 한동안 아무 말도 하지 않다가 입을 열었다.

"내 상사 중에 콘이라는 추밀 고문관이 있었다. 유대인이었지. 우리 직장에선 아무도 그를 좋아하지 않았다. 그 사람은 언제나 미소를 지었는데, 심지어 잘못을 지적할 때조차도 그랬어. 콘은 누군가 잘못을 하면, 그 사람을 자기 사무실로 불렀지. 그러곤 그 사람이 뭘 잘못했는지 마치 조그만 교실에서 아이를 나무라듯이 시시콜콜 다 짚고 넘어갔다. 그것도 평소보다 더 다정다감하게 말이지. 어느 여름날 나는 그 사람 셔츠 안을 보게 되었다. 가슴이랑 등에 사각 수건을 달고, 술이 달린 기조서[3]를 가지고 있었어. 그 사람은 방에서도 모자를 벗는 법이 없었지.[4] 난 추밀 고문관 콘을 기억하는 게 참 싫구나."

엄마와 아빠는 아무 말도 하지 못했다.

외할아버지는 우리를 쳐다보고는 계속 말을 이었다.

"우린 기독교인이다. 유대인들이 우리 예수님을 십자가에 매달았다는 걸 잊지 마라."[5]

그 때 아빠가 불쑥 끼어들었다.

"그렇지만 슈나이더 가족은 아닙니다."

순간 엄마의 얼굴빛이 변했다.

외할아버지는 주먹을 불끈 쥐고 탁자를 내리치며 자리에서 벌떡 일어났다. 그러고는 쇳소리가 날 정도로 날이 선 목소리로 말했다.

"난 내 손자가 그 유대인 사내아이와 어울리는 걸 원치 않는다!"

외할아버지는 일어났을 때와 마찬가지로 갑작스럽게 도로 의자에 앉았다. 아빠와 엄마는 무척 놀란 눈빛이었다. 거실 안은 무서울 정도로 조용했다. 그 고요함 속에서 초인종이 울렸다. 엄마가 문으로 다가갔다.

나는 프리드리히의 목소리를 들을 수 있었다.

"…… 라인하르트랑 우리 집에서 놀면 안 될까요?"

"…… 안 돼……. 할아버지가 오셨단다."

엄마는 작은 소리로 프리드리히를 타일러 돌려 보내고 거실로 돌아왔다.

외할아버지는 기세등등하게 물었다.

"누구냐?"

"이웃집 아이예요."

엄마가 대답했다. 그러고는 황급히 말을 돌렸다.

"아버지, 커피 한 잔 더 하시겠어요?"

금요일 저녁

엄마는 다음 날부터 세탁일을 시작하게 되었다. 하지만 창
피하다고 그 사실을 아무도 모르게 했다. 아빠는 일자리를 찾
고 있었고, 나는 프리드리히네 집에서 놀고 있었다. 내가 프리
드리히에게 물었다.

"너희 집 현관문에 달아 놓은 조그만 대롱은 뭐니?"

그 때 슈나이더 부인이 우리가 있는 방으로 들어오더니 프
리드리히 대신 대답했다.

"그건 우리의 메주자[6]란다. 우리 집안의 축복을 비는 부적
이야. 우리가 신과 신의 계명을 잊지 않도록 도와 주는 거지."

그러면서 부인은 내 손을 잡아 주었다. 우리가 방을 나오자,
부인은 오른손으로 메주자를 잡고, 그 손에 입을 맞추었다.

"잠깐 바깥쪽을 쳐다보고 있으렴. 프리드리히가 옷을 갈아
입어야 하거든. 아빠가 곧 오실 거야."

바깥으로 나가기 전에 슈나이더 부인은 난로에 석탄을 가득 채워 넣었다. 그런 다음 석탄을 골고루 다져서 약한 불로 오랫동안 탈 수 있게 해 놓았다.[7] 나는 혼자 거실에 서 있었다.

프리드리히의 엄마는 벌써 모든 준비를 끝냈다. 탁자는 반들거렸고, 가구에는 먼지 한 점 없었다. 찬장의 유리는 번쩍거렸다.

나는 놀란 눈으로 거실의 물건들을 쳐다보았다. 그 사이 프리드리히가 들어왔다. 프리드리히는 흰 셔츠에, 최고로 좋은 양복을 입고 있었다. 슈나이더 부인은 의자를 창가로 밀어 주었다. 우리는 말없이 창 밖을 내다보았다.

어느새 석양이 지고 있었다. 폴리카르프의 뾰족 모자가 풀 속에 파묻혀 잘 보이지 않았다. 집집마다 불이 켜지고 거리의 가스등도 속속 밝아 오기 시작했다. 몇몇 사람들만 거리를 지나가고 있었다. 온 세상이 아주 고요했다.

내게는 슈나이더 씨네 거실도 웅장하고 고즈넉하게 느껴졌다. 슈나이더 부인은 하얀 식탁보를 탁자 위에 펼쳤다. 너무나 하얘서 어둑어둑한 방을 환하게 밝혀 줄 정도였다. 부인은 찬장에서 새 양초가 꽂힌 촛대 두 개를[8] 꺼내 와 식탁 위에 놓았다. 그리고 직접 구운 조그만 빵[9] 두 개를 촛대와 슈나이더 씨의 자리 중간에 갖다 놓았다.

나는 아까부터 창 밖을 보지 않고 슈나이더 부인을 바라보고 있다가 프리드리히에게 속삭이며 물었다.

"너희 집에 무슨 일 있니?"

프리드리히도 나지막한 소리로 대답했다.

"자바트!"[10]

해가 지면서 거리의 모든 집들의 지붕은 핏빛으로 물들었다. 세상이 온통 붉은 빛이었다.

슈나이더 부인은 앞치마를 벗었다. 커다란 은잔을 찬장에서 꺼내 슈나이더 씨 자리에 갖다 놓았다. 그 옆에는 기도서를 놓았다. 그러고 나서 부인은 두 개의 촛대에 불을 밝혔다.

슈나이더 부인은 석양으로 물든 벽 쪽으로 몸을 돌려 불을 밝히면서도 혼잣말로 중얼거리며 기도했다. 부인이 기도하는 동안 슈나이더 씨가 돌아왔다. 슈나이더 씨는 검은 양복에 손뜨개질한 조그만 모자[11]를 쓰고 있었다. 프리드리히가 다가가자 슈나이더 씨는 한 손을 프리드리히의 머리에 얹으며 말했다.

"신이 너를 에브라임과 므낫세처럼 만드시길. 주님이 너를 축복하고 보호할지라. 주님이 네게 그 얼굴이 빛남을 보여 주시며, 네게 은총을 내리시리라. 주님이 그 얼굴을 네게 돌리시며 평화를 주시리라."[12]

슈나이더 씨는 준비된 기도서를 펼치고, 부인에게 뭔가를 히브리어로 읽어 주었다.[13] 슈나이더 부인은 고개를 약간 기울인 채 조용히 남편의 말소리에 귀를 기울였다.

나는 여전히 놀란 채로 촛불만 뚫어져라 쳐다보았다. 그리고 내가 보고 있는 이 모든 것들을 도대체 어떻게 받아들여야 할지 알 수 없었다.

슈나이더 씨는 은잔에 와인을 가득 따랐다.[14] 그리고 은잔을 두 손으로 들어 올린 다음 기도했다. 기도가 끝나자 모두 와인을 한 모금씩 마셨다. 슈나이더 씨, 슈나이더 부인, 프리드리히, 그리고 마지막이 내 차례였다.

손을 씻고[15] 거실로 다시 돌아온 슈나이더 씨는 부인이 직접 구운 빵을 두고 이렇게 말했다.

"우리의 신, 주님. 땅에서 빵을 만드시는 세상의 왕이시여 찬사를 드리나이다."

슈나이더 씨는 빵을 잘라서 우리들에게 각각 한 조각씩 건네 주었다. 우리는 그 빵을 받아 말없이 먹었다.

우리 집에서 누군가 수돗물을 트는 소리가 들렸다. 슈나이더 부인이 낮은 목소리로 말했다.

"너희 어머니가 돌아오셨구나. 어머니께 배를 몇 개 갖다 드리렴. 어차피 우리가 다 못 먹으면 물러지거든. 바구니는 마루에 있다."

나는 감사하다는 말과 작별인사를 한 뒤 집으로 왔다.

그 날 밤 나는 잠결에 프리드리히의 가족의 낮고 슬픈 노랫소리를 들었다.

*입학식

내 기억으로는 프리드리히와 내가 한 의자에 나란히 앉았던 것 같다. 담임 선생님은 우리에게 한 가지 이야기를 해 주었다. 그 이야기를 다 듣고 나서 다 같이 '어린 한스는……'을 불렀다. 우리의 첫 수업은 그렇게 끝났다.

학교 정문 앞에서 부모님들이 우리를 기다리고 있었다. 우리 아빠는 여전히 실직 상태였고, 슈나이더 씨는 아들의 입학식을 위해 휴가를 내고 온 것이었다.

프리드리히와 나는 입학 축하 선물로 원뿔 모양의 커다란 종이봉지를 받았다. 프리드리히 것은 빨간색이었고, 내 것은 파란색이었다. 내 종이봉지가 프리드리히의 것보다 조금 작아 보였다.

프리드리히는 종이봉지를 받자마자 열어 보았다. 그리고 그 안에 담긴 봉봉을 꺼내 내게 건넸다. 초콜릿도 모두 나누어 주었다. 나도 내 종이봉지를 열려고 했는데 엄마가 고개를 저었다. 그러더니 나를 옆으로 데리고 가서는 집에 가서 열어 보라고 했다. 나는 이해할 수는 없었지만, 엄마가 시키는 대로 했다.

다음 거리 모퉁이에 이르자 슈나이더 씨는 커다란 목소리로 물었다.

"근데 우리 지금 어디로 가는 거죠?"

슈나이더 씨는 미소를 지으며 두리번거렸다. 아빠가 깜짝 놀라며 엄마를 쳐다보았다.

프리드리히가 환호성을 지르며 소리쳤다.

"놀이공원에요!"

그러자 아빠가 불안한 눈빛으로 엄마를 쳐다보았다.

"정말 유감인데요, 우린 같이 못 가겠어요. 집에 할 일이 밀려 있고, 또 점심식사 준비도 아직 못 했거든요."

엄마가 슈나이더 씨에게 말했다.

"하지만 엄마, 저도 놀이공원에 너무 가고 싶어요!"

아빠는 내 머리를 쓰다듬으며 타일렀다.

"우린 갈 수 없어. 엄마 생각도 해야지."

그런데 슈나이더 씨가 엄마의 팔을 잡고, 슈나이더 부인이 아빠의 팔짱을 끼며 잡아끌었다.

"오늘은 아무 변명도 통하지 않아요! 원래 아이들 입학식 날에는 놀이공원에 가야 하는 겁니다."

아빠 엄마의 얼굴에는 걱정이 가득했다.

결국 나는 프리드리히와 함께 놀이공원에 가게 되었다. 프리드리히는 내 입에 초콜릿을 세 조각이나 한꺼번에 넣어 주었다. 팔짱을 낀 우리는 종이봉지를 들고 부모님보다 앞장서 달려갔다. 그러나 놀이공원에서는 각자 아빠의 손을 잡았다.

아빠는 다른 사람들이 눈치채지 못하게 엄마의 귀에 대고 속삭였다.

"당신 나한테 오 마르크 꿔 줘야 해."

"돈 가지고 있는 게 없어요. 살림에 쓸 이 마르크뿐이에요."

아빠는 곤란한 듯 끙끙거리며 말했다.

"그럼 그 돈이라도 주구려. 내 주머니에는 칠십 페니히가 있소."

엄마는 손수건을 찾는 것처럼 주머니를 이리저리 뒤지며 아빠 손에 2마르크를 살짝 쥐어 주었다. 아빠는 슬픈 표정으로 그 돈을 들여다보았다. 그 모습을 본 나는 놀이공원에 가고 싶다고 조른 것을 후회했다. 프리드리히의 가족은 앞장 서서 가고, 우리는 터덜터덜 그 뒤를 따라갔다.

회전목마에서 발길이 멈추어졌다. 하지만 나는 회전목마가 돌아가는 모습을 물끄러미 쳐다볼 수밖에 없었다. 그런데 갑자기 프리드리히가 내 손에 표를 쥐어 주었다. 회전목마가 멈추어 서자 우리는 종이봉지를 엄마에게 맡기고 말에 올라탔다.

내가 탄 말의 이름은 벨라였고, 프리드리히가 탄 말은 푹스였다. 말을 타고 계속 빙빙 도는 것은 아주 멋진 일이었다. 우리는 눈을 맞추고 깡충거리며 소리쳤다. '달려라, 이랴!' 하고 말에 박차를 가하며 노는 동안 어느새 목마가 멈췄다. 슈나이더 씨가 아쉬워하는 우리에게 표를 또 한 장 갖다 주어서 한 바퀴를 더 돌 수 있었다.

회전목마가 멈추자 이번에는 슈나이더 씨 부부와 아빠 엄마도 같이 올라탔다. 어른들은 우리 뒤에 올라타서 함께 달렸다.

회전목마에서 내리고 나자 슈나이더 부인은 커다란 솜사탕을 사서 한 개씩 나누어 주었다. 우리가 솜사탕을 빨고 있는 동안, 아빠는 지나치는 가판대를 유심히 살펴보았다. 주머니에 있는 돈으로 모두에게 하나씩 사 줄 수 있을 만한 것을 찾는 눈치였다.

"어떡하지?"

아빠가 엄마에게 작은 목소리로 물었지만 엄마는 힘없이 어깨만 으쓱거릴 뿐이었다.

슈나이더 씨는 소시지를 넣은 하드롤을 사 들고 왔다. 아빠는 민망해서 차마 소시지를 삼키지 못했다. 섣달 대목장에서 파는 데친 소시지를 좋아하는 엄마조차도 마음을 졸여서 그런지 입맛이 없어 보였다.

어디론가 갑자기 사라졌던 아빠가 감초즙으로 만든 막대과자 여섯 개를 손에 들고 다시 나타났다. 슈나이더 부인은 이 세상에 그보다 더 멋진 선물은 받아 본 적이 없다는 듯이 좋아했다. 아빠 엄마도 막대과자를 열심히 빨았다. 아빠는 조금 안심이 되는지 한숨을 후유 내쉬었다. 그 후 우리는 회전 소방차를 타도 좋다는 허락을 받고, 부모님들은 서로 짝을 바꾸어 울렁이는 작은 배를 탔다.

프리드리히가 하품을 하는 걸 보니 갑자기 나도 피곤해졌다.

"오늘은 이걸로 됐다!"

슈나이더 씨는 그렇게 말하며 출구를 찾아 나갔다.

아빠는 놀이공원 끝에서 그토록 찾던 가판대를 발견했다. 가판대 안내문에는 '기념촬영, 우편엽서 한 장에 1마르크, 두 장에 1마르크 50페니히'라고 씌어 있었다. 아빠는 곧장 가판대 주인에게로 다가갔다.

"사진 좀 찍어 주시오!"

아빠는 당당하게 말했다.

"우편엽서 두 장으로 뽑아 주시오!"

가판대 주인은 꾸벅 인사를 하고는 정확하지 않은 발음으로 말했다.

"자, 손님, 좀더 가까이 다가오시죠."

부스 내부의 뒷벽에는 산 풍경이 그려져 있었고, 그 앞에는 갈색 반점이 있는 목마가 서 있었다.

"자리에 앉으시죠!"

가판대 주인이 말했다.

"어디요?"

아빠가 물었다.

"말 위에요."

"이 위에는 기껏해야 두 명밖에 못 앉겠는걸!"

"잠깐!"

가판대 주인은 어깨 위로 꼬리를 걸쳐 놓더니 말꼬리를 뽑아 버릴 것처럼 힘차게 잡아당겼다. 그러자 목마의 몸이 한없이 늘어나기 시작했다. 슈나이더 씨는 마침내 어른 열 명이 편안하게 걸터앉을 수 있을 만큼 길어진 목마를 보며 껄껄 웃어댔다. 그가 그토록 크게 웃는 모습은 그 때까지 본 적이 없었다. 아빠는 그 끝도 없이 기다란 말에 자랑스럽게 올라탔다. 주인이 발판을 갖고 와 엄마와 슈나이더 부인이 올라타는 것을 도와 주었다. 맨 마지막으로 주인은 우리들을 태워 주었다.

슈나이더 씨는 너무 심하게 웃다가 목마에 올라타자마자 반대쪽으로 굴러 떨어질 뻔했다. 하지만 곧 우리 모두 무사히 목마 위에 걸터앉을 수 있었다. 엄마가 우리를 꼭 붙잡고 있지 않았더라면, 너무나 피곤했던 우리는 커다란 종이봉지를 안은 채 아래로 미끄러졌을지도 모른다. 아빠는 가운데 앉아서 한 손을 엉덩이에 걸치고 자랑스럽게 몸을 쭉 뻗으며 폼을 잡았다. 슈나이더 씨는 그런 아빠의 모습을 보고 또 한 번 크게 웃었고, 그 바람에 모두가 또 한바탕 웃었다. 아빠는 고상한 기수의 모습을 흐트리지 않을 정도로 아주 살짝 웃었다.

가판대 주인은 카메라 뒤 검은 커튼 속으로 사라지더니 이내 손만 삐죽이 내밀고는 이리저리 움직이며 아무도 알아볼 수 없는 지시를 했다. 결국 그는 뿌연 유리판을 교체하고 나서, 카메라 옆에서 '여기 보세요!' 하고 소리를 지른 뒤 빨간 고무공을 눌렀다. 우리는 주인이 '고맙습니다!' 라고 말할 때까지 웃음을 참고 꼼짝도 하지 않은 채 카메라를 노려보았다.

주인이 사진 원판을 들고 암실로 사라진 사이 우리는 말에서 뛰어내렸다. 슈나이더 씨는 곧장 말꼬리를 잡고 끌어당기면서 장난을 쳤다. 놀랍게도 목마는 더 늘어나고 있었다. 슈나이더 씨는 가판대 벽에 닿을 때까지 목마를 쭈욱 늘였다. 아빠도 끝까지 늘여놓은 말과 산 풍경 그림을 함께 보고는 큰 소리로 웃고 말았다.

가게 주인이 우편엽서 두 장을 가져왔다. 아빠는 윗옷 주머니에서 돈을 꺼내 호기롭게 값을 치렀다. 그러고 나서 주인에게 인사를 하고는 슈나이더 부인에게 엽서 한 장을 건네 주었다.

사진 속에는 내가 가장 앞에 앉아 있었다. 목마의 두 귀 사이에 내 종이봉지가 걸려 있었다. 내 뒤에는 엄마가 앉았는데 절대로 사람이 먹어선 안 되는 것을 입에 넣고 있는 것 같은 표정이었다. 아빠는 가운데 우뚝 솟아 있었다. 누가 봐도 그 말 주인이 아빠라고 생각할 것이다. 프리드리히는 아빠 뒤에 바짝 매달려 있었다. 프리드리히의 종이봉지는 뒷벽에 그려진 산봉우리와 그 위에 떠 있는 구름을 받치고 있었다. 몸집이 작은 슈나이더 부인은 프리드리히의 옷깃을 잡고 있었다. 예쁜 모습이었다. 슈나이더 씨는 장난스럽게 부인을 뒤에서 안고 있었다.

집으로 돌아오는 길에 모두들 기념사진 이야기를 하며 웃고 또 웃었다. 하지만 아빠는 겸연쩍어 했다. 목마 위에서 아빠 혼자 엄청 진지하게 폼을 잡았기 때문이다.

집에 도착하자마자 너무 피곤해서 넘어질 듯이 복도에 들어섰다. 새 책가방을 구석에 집어던지고는 내가 받은 파란색 종이봉지를 열어 보았다. 그 안에는 설탕 발린 두벌구이 과자 한 봉지와 둘둘 만 신문지가 가득 들어 있었다. 엄마는 내 머리를 쓰다듬어 주며 말했다.

"애야, 너도 알지. 우린 형편이 그리 넉넉하지 않아."

아빠가 손을 씻으면서 물었다.

"오늘 점심은 뭐지?"

엄마는 한숨을 내쉬었다.

"오늘 점심은 우편엽서예요! 살림에 쓸 돈을 놀이공원에서 다 써 버렸으니 먹을 게 있겠어요."

* 학교 가는 길

1933년 4월 1일 토요일이었다.

학교에서 돌아오는 길에 프리드리히가 말했다.

"야, 어제 오후에 엄마가 날 의사 선생님한테 데리고 가셨어. 귀에 주사를 맞아야 했거든. 근데 의사 선생님이 주사를 놓지 않으셨어."

"왜 안 놔 준 거야?"

프리드리히는 웃으며 말했다.

"그 의사 선생님 말씀이 그럴 필요가 없는 거래. 우선은 보약을 먹어야 한대. 처방을 하나 해 줬는데, 그 약 맛이 아주 달아. 만약 내가 그 약을 세 숟가락만 먹었더라면, 몸이 아주 튼튼해져서 귀에 들어 있는 놈을 꺼낼 수 있었을 거야."

나는 호기심에 가득 찬 눈으로 프리드리히를 바라보았다.

"그런데?"

프리드리히는 어깨를 으쓱했다.

"너무 맛있어서 다섯 숟가락이나 먹어 버렸어."

내가 궁금해하는 것에 대해 프리드리히가 시원스러운 대답을 안 했기 때문에 나는 연거푸 물어야 했다.

"그래서 귀는 어떻게 된 거야?"

프리드리히는 입맛을 다시고 나서 대답했다.

"엄마가 어젯밤에 귀 청소를 해 주셨어."

나는 여전히 답답했다.

"그래서 너 울었어?"

프리드리히는 눈을 내리깔며 작은 소리로 말했다.

"그냥 조금!"

우리는 말없이 계속 걸었다. 여느 토요일과 다름없는 토요일이었다. 차들은 조용히 지나다녔고, 여자들은 일요일을 보내기 위해 장을 보고 있었다. 그리고 우리는 숙제가 별로 많지 않았다.

"너희 집은 어느 의사 선생님한테 가니?"

내가 물었다.

"곧 그 의사 선생님 집이 나올 거야."

잠시 후 프리드리히가 몇 층짜리 빌라를 가리켰다.

"저기야. 그 의사 선생님 명패가 있어."

현관문 옆에는 하얀색 의사 명패가 걸려 있었다. 검은색 장식체로 '닥터 야콥 아스케나제, 소아과 전문의, 전 의료보험 가능, 진료 상담은 오전 9~12시, 오후 3~5시, 토요일 휴진'이라고 씌어 있었다. 그리고 그 명패 위에 누군가 빨강색으로 '유대인'이라고 휘갈겨 낙서를 해 놓았다.

"대체 누가 이런 짓을 했을까?"

프리드리히는 고개를 저으며 손가락으로 낙서를 만졌다.

"방금 쓴 거야!"

프리드리히는 주위를 살펴보고 나서 말했다.

"같이 가자!"

그 애는 현관문에 다가가 '닥터 아스케나제'[16]라고 쓴 명패 옆의 초인종을 누르고 기다렸다.

내가 말했다.

"오늘은 면담시간이 없잖아. 의사 선생님은 집에 안 계실 거야."

우리가 그냥 가려고 하는 순간, 마침 윙 하고 현관문이 열렸다. 프리드리히는 등으로 문을 밀고 들어갔다. 몇 계단 올라가지 않아서 우리는 의사 명패가 달린 문 앞에 도착했다.

곧 검은 양복을 입은 나이 지긋한 남자가 나타났다. 남자의 뒤통수에는 기도할 때 쓰는 조그만 모자가 얹혀 있었다. 프리드리히를 보자 남자는 미소를 지으며 물었다.

"어, 프리드리히. 그래 네 귀에서 싹이 나왔냐?"

프리드리히는 얼굴이 빨개져서 들릴 듯 말 듯 조그만 목소리로 아니라고 대답했다.

"엄마가 어제 귀 청소를 해 주셨어요."

닥터 아스케나제는 고개를 끄덕였다.

"그것 봐라. 좋은 약을 먹으면 네가 현명해질 줄 알았다. 그런데 그 약은 맛이 없더냐?"

"아뇨. 맛있었어요."

프리드리히는 재빨리 대답을 하며 입술을 핥았다.

"얜 제 친구예요. 선생님, 얘한테도 한번 그 맛있는 물약을 처방해 주세요."

닥터 아스케나제는 내게 손을 내밀었다.

"그러면 네 어머니를 모시고 나한테 한번 와야 하는데."

그는 계속해서 물었다.

"그런데 너희들, 지금 그것 때문에 온 건 아니겠지? 프리드리히, 오늘은 면담시간이 없다는 거 알 텐데."

프리드리히는 혼란스러워 하는 것 같았다.

"저기…… 선생님께 드릴 말씀이 있어서……."

프리드리히는 말끝을 얼버무렸다. 프리드리히 대신 내가 말을 이었다.

"누가 저 아래 선생님 명패에다 '유대인'이라고 낙서를 했어요."

"알고 있다. 나도 봤단다. 너희들은 걱정하지 말거라. 내일 내가 지울 테니까."

닥터 아스케나제의 얼굴이 심각해졌다. 그는 우리에게 손을 내밀었다.

"이렇게 와 줘서 고맙구나. 자, 이제 빨리 집으로 가거라."

닥터 아스케나제는 다시 한 번 고개를 끄덕였지만, 이번에는 미소를 짓지 않았다. 그는 문을 닫았다.

닥터 아스케나제의 빌라에서 나오는데 그 다음 길모퉁이에 사람들이 달려와 모여들고 있었다. 프리드리히가 말했다.

"사고다!"

우리는 등에 멘 가방을 벗어서 겨드랑이 밑에 끼고 달려갔다.

길모퉁이에는 조그만 문방구가 하나 있었는데, 그 안으로 들어가려면 계단을 몇 개 내려가야 했다. 거기에는 잉크, 스케치북, 색종이 같은 문구뿐 아니라 5페니짜리 봉봉, 막대초콜릿, 2페니짜리 막대사탕도 있었다.

문방구 주인은 수염을 뾰족하게 기른 늙고 작은 남자였다.[17] 우리는 그 곳에서 필요한 문구를 사곤 했는데, 그 노인은 한결같이 친절했다. 계산을 할 때면 곧잘 1페니를 더 깎아 주고, 거기에다 새까만 봉봉까지 두 개나 얹어 주었다. 우리는 그 노인의 가래 끓는 목소리를 가지고 장난치는 일이 많았다. 우리가 '에헤헤' 하고 노인의 목소리를 흉내내면서 가게에 들어가도 그 자그마한 노인은 화를 낸 적이 없었다. 어떤 때는 오히려 우리를 즐겁게 하려고 일부러 더 심하게 염소 소리를 내는 것처럼 보였다.

바로 그 노인의 가게 앞에 사람들이 모여 있었던 것이다. 사람들이 너무 빼곡히 서 있어서 무슨 일이 일어났는지 알 수가 없었다. 어떤 사람들은 웃으며 야유했고, 또 어떤 사람들은 심각한 얼굴을 하고 있었다.

우리는 더 잘 보기 위해서 사람들 틈을 비집고 맨 앞줄까지 나갔다. 사람들은 우리가 앞으로 갈 수 있도록 비켜 주었다. 어떤 젊은 여자는 나를 앞쪽으로 밀어 주기까지 했다.

'아브라함 로젠탈, 문방용구' 라고 쓰인 간판 아래에는 회색 승마바지 차림의 남자가 두 다리를 벌린 채 입구를 막아 서 있었다. 그의 각반은 엉망진창으로 종아리에 휘감겨 있었다. 그리고 노란 셔츠의 왼쪽 소매 위에 갈고리 십자가 완장을 찼으며, 오른손으로 피켓을 들고 있었다. 그 피켓에는 서툰 글씨로 '유대인 가게에서 사지 마시오!' 라고 씌어 있었다.

손뜨개질로 만든 쇼핑백을 든 나이 지긋한 부인이 피켓 곁으로 바짝 다가섰다. 그리고 외투에서 외다리 안경을 꺼내 눈앞에 갖다 대고 피켓을 읽으려고 애썼다. 그러나 피켓을 든 남자는 계속 아무것도 알아차리지 못한 척했다. 그는 그 부인에게는 무관심한 듯했고, 호기심에 찬 무리들 너머를 바라보고 있었다. 부인은 안경을 다시 외투 주머니에 넣고는 완장을 찬 남자 앞에서 서성거리다가 작은 소리로 말했다.

"좀 지나갑시다."

하지만 그 문지기 남자는 그 말을 아예 무시하고, 부인을 바라보지도 않은 채 습관처럼 말했다.

"유대인 가게에서 사지 마시오!"

"난 여기서 사고 싶다구!"

부인이 고집을 부렸지만 문지기는 조금도 비켜 주지 않았다. 그러자 그 부인은 사내를 억지로 밀고는 급히 계단을 내려갔다.

구경하던 사람들은 슬그머니 웃음을 지었고, 뒤쪽에 서 있던 몇몇 사람들은 큰 소리로 웃기까지 했다. 피켓을 들고 있던 문지기 남자는 아무런 표정도 짓지 않았다. 멜빵 뒤로 엄지손가락을 찌른 왼손을 불끈 쥐었을 뿐이었다.

잠시 후에 부인이 끙끙거리며 계단을 다시 올라왔다. 부인의 쇼핑백 바깥으로 교과서를 싸는 파란색 포장지 한 롤이 불쑥 삐져 나와 있었다. 부인은 미소를 지으며 어깨로 문 앞을 지키고 서 있는 남자의 등을 밀치고는 입구에서 빠져나왔다. 부인은 고개를 끄덕이며 말했다.

"고맙소, 젊은이."

부인은 당당하게 구경꾼들 앞을 지나갔다. 그리고 자기가 무얼 샀는지 누구나 볼 수 있게 쇼핑백을 높이 쳐들고는 미소를 지어 보이며 그 곳을 떠났다.

부인이 떠난 뒤에 아브라함 로젠탈이 가게 입구에 나타났다. 그는 엄숙한 얼굴을 하고는 문지기 남자의 각반 사이로 가게 앞에 모인 구경꾼들을 쳐다보았다. 그는 우리들도 쳐다보았다.

프리드리히가 뾰족 수염을 기른 문방구 주인에게 예의 바르게 인사했다. 그 인사가 너무 눈에 띄어 사람들이 다 알아차릴 정도였다. 나는 고개만 까닥했다. 문방구 주인은 조용히 고개를 숙이며 우리의 인사에 답했다. 피켓을 든 남자는 이를 악물고 우리에게 소리쳤다.

"꺼져!"

프리드리히는 그 남자를 위아래로 찬찬히 훑어보며 말했다.

"당신이 여기 서 있는 동안은 우리도 서 있을 수 있다구요!"

남자는 아래턱을 내밀고 숨을 깊이 들이쉬었다. 그러고는 피켓을 든 왼손을 스르르 내리더니 한 발짝 앞으로 나와서 위협하듯이 말했다.

"버릇없이 굴래, 이 코흘리개야?"

몇몇 구경꾼들은 가던 길을 계속 갔고 나머지 사람들은 한 발짝 뒤로 물러섰다. 갑자기 아주 조용해졌다. 아무도 말하지 않았고 아무도 웃지 않았다. 우리만 덩그러니 서 있었다. 남자가 거칠게 숨을 쉬자 들고 있던 피켓이 파르르 떨렸다.

그 때, 나는 누군가의 손이 프리드리히의 어깨를 잡는 것을 보았다. 그리고 그와 동시에 누군가 내 어깨를 만지는 것을 느꼈다. 우리는 고개를 돌렸다. 우리 뒤에는 프리드리히의 아빠가 서 있었다.

"가자!"

그는 우리를 데리고 집으로 갔다.

*가죽 끈

나는 재빨리 계단을 내려가 아래층 현관문에서 슈나이더 씨네 초인종을 눌렀다. 세 번은 짧게, 한 번은 길게. 그것이 우리의 신호였다. 그러고 나서 나는 천천히 정원을 빠져 나왔다. 폴리카르프를 지나쳐 거리로 나와 길모퉁이까지 갔다. 프리드리히가 금세 뒤따라왔다. 프리드리히는 숨을 몰아쉬며 말했다.

"고마워, 날 데리러 와 줘서. 정말 고마워."

우리는 나란히 공원 쪽으로 걸어갔다. 아직 시간이 이르기 때문에 그다지 서두를 필요가 없었다. 다시 프리드리히가 말하기 시작했다.

"나 참 기뻐! 하지만 우리 아빠한텐 비밀이야. 내가 거기 가는 걸 좋아하지 않으시거든. 전에 너희들이 깃발을 들고 온 도시를 행진하며 노래하는 걸 봤어. 멋있더라. 나도 정말 같이 하고 싶었어. 하지만 아빠가 허락하지 않으셔. 그래서 난 할 수 없이 아빠 생각이 바뀌길 기다리고 있어."

우리는 공원을 가로질러 갔다. 나무 뒤로 낡은 요새의 갈색 벽돌 지붕이 보였다.

"오늘 너희들 계획은 뭐니?"

프리드리히가 물었다.

"오늘도 추적놀이(Gelaendespiel: 지도 읽기, 방향 탐지 등을 겸한 청소년의 놀이 – 역자 주) 하는 거니?"

나는 고개를 저었다.

"아니! 수요일은 가정의 밤이야. 새로운 사람은 가정의 밤에만 데리고 갈 수 있어. 하지만 너희 가족이 유대인이라는 건 일단 말하지 않는 게 좋을 거야."[18]

프리드리히는 내 어깨에 팔을 두르며 혼자 중얼거렸다.

"너무 좋다."

나는 프리드리히에게 알려 주었다.

"우리 군기대장[19]은 멋진 녀석이야. 벌써 오래 전부터 이 모임에 나왔지. 청소년의 집에 가면 벽에 그 애의 목수건이 걸려 있는 걸 볼 수 있을 거야. 그런데 그 목수건 가운데가 갈라져 있어. 예전에 습격했을 때 그걸 목에 걸고 있었거든. 어떤 공산주의자가 칼로 찌르려고 했는데, 운이 좋아서 그 목수건만 뚫고 지나간 거야.[20] 우리 군기대장은 안 다치고 말이야."

갑자기 프리드리히가 바지 주머니를 뒤지기 시작하더니 검은 삼각건 하나를 꺼내 들었다. 그는 미소를 지으며 말했다.

"엄마 붕대상자에서 꺼내온 거야. 하마터면 잊어버릴 뻔했다."

우리는 가장 가까운 공원 벤치에서 멈추었다. 나는 프리드리히에게 목수건을 규정대로 마는 법을 보여 주었다. 그런 다음 뒤에서 보면 흰 셔츠 깃 아래에 삼각형 모양만 드러나도록 검은 목수건을 둘러 주었다. 내가 목수건의 매듭을 묶으려 할 때, 프리드리히는 가죽으로 된 손잡이 끈을 꺼냈다. 그것은 갈고리 십자무늬가 새겨진 갈색 가죽 끈이었다. 그런 가죽 끈은 우리 깃발대장한테도 없는 멋진 것이었다. 프리드리히는 삼각건의 돌돌 말린 끝을 감아서 자랑스럽게 그 끈을 목까지 끌어올렸다. 내가 그 끈을 보고 부러워하자 그는 더욱 즐거워했다. 그리고 나에게 어깨동무를 하고 보조를 맞춰 걸었다. 우리는 그렇게 옛 요새 성문을 거쳐 광장까지 행진했다.

다른 소년들이 벌써 안마당에서 이리저리 뛰고 법석을 피우고 있었다. 그들은 우리에게 전혀 신경 쓰지 않았다. 대부분 짧은 바지에 줄무늬 아니면 바둑무늬 셔츠를 입고 있었다. 그들 중 겨우 몇몇만 갈색 셔츠를 입고 있었을 뿐, 제대로 복장을 갖춘 사람은 아무도 없었다. 하지만 셔츠 깃 밑으로 삼각건이 빠져 나오게 매고 있는 모습은 모두가 한결같았다.

프리드리히는 눈을 빛내며 내 옆쪽 벽에 기대어 서 있었다.

"나도 같이 할 수 있다는 게 너무 기뻐."

프리드리히는 목수건 위에 매단 가죽 끈을 만지작거렸다.

드디어 나를 담당하는 소대장이 왔다. 나이는 열다섯 살 정도였고, 규정에 맞춘 유니폼을 입고 있었다. 우리 모두 입고 싶어하는 유니폼이었다. 나는 그에게 새 단원을 데리고 왔다고 보고했다.

"좋아! 하지만 지금은 내가 시간이 없어. 나중에 보자!"

그런 다음 그는 우리에게 줄을 서라고 했다.

우리는 줄을 맞추었다. 나는 프리드리히를 내 옆의 가장 뒤쪽 줄로 밀어넣었다.

"우향우! 들어가!"

프리드리히가 어떻게 줄을 맞추어 서야 하는지 모르는 바람에 잠깐 소란이 생겼다. 그래서 옆구리를 쿡 찔리기도 했지만, 내 뒤에서 힘차게 나선계단을 걸어 올라왔다.

우리의 막사는 낡은 요새 안에 있는 창 없는 방이었다. 지붕에서 내려온 두 개의 줄에는 촉광이 높은 전구 하나가 매달려 있었다. 방 안에 들어서면 문 맞은편 벽에 걸려 있는 히틀러 사진에 먼저 눈길이 가게 되어 있었다. 사진 아래에는 우리 군기 대장의 그 유명한 목수건이 쫙 펼쳐진 채로 걸려 있었다. 그 전설적인 칼자국에는 경외에 찬 대원들의 수많은 손가락이 들락거렸기 때문에 어느새 사람 머리 하나가 들어갈 정도로 구멍이

커져 있었다.

오른쪽 벽에는 막대기 두 개가 십자형으로 교차해 걸려 있었다. 막대기 끝에 달린 검은 삼각기는 못으로 박혀 있었다. 검은 삼각기 한가운데 하얀색으로 수놓은 승리를 뜻하는 루넨문자[21]가 유난히 두드러져 보였다.

문 옆의 벽에는 어떤 소대장이 군기대장의 업적에 대해 자기 나름대로 도전한 흔적이 있었다. 거기에는 푸른색으로 '밖으로 보이는 것보다 더 가치가 있어라!', '살고자 하는 자여, 투쟁하라!' 라는 문구들이 씌어 있었다.

프리드리히는 내 옆으로 다가와 앉으며 속삭였다.

"하인리히! 나 정말 기뻐. 나도 소년 단원[22]이 될 거야."

우리가 앉자마자 소대장이 "차렷!" 하고 외쳤다. 모두들 튀어 오르듯이 일어나 히틀러 사진을 향해 섰다. 소대장은 군기대장에게 보고를 올렸다.

우리의 군기대장이 히틀러의 사진 아래로 저벅저벅 걸어갔다. 그는 손을 들고 소리쳤다.

"승리, 대원들이여!"

대원들이 대답했다.

"승리, 군기대장님!"[23]

프리드리히는 너무 감격한 나머지 목소리가 유난히 튈 정도로 크게 외쳤다.

"착석!"

군기대장이 명령했다. 우리가 우르르 굉음을 내며 자리에 앉는 동안, 군기대장이 말했다.

"제군들, 오늘 우리 막사의 밤에 제군들을 위해 누구를 데려왔다. 대관구 지도부(Gauleitung)의 특별위임을 받으신 분이다.[24] 이 분이 제군들에게 아주 중요한 말씀을 하실 것이다."

나는 그제야 군기 대장과 함께 온 사람이 꼽추라는 것을 알아차렸다. 그는 키가 너무 작아서 대원들 사이에서 보이지 않았다. 머리에서 발끝까지 온통 갈색 옷을 입었고, 심지어 신고 있는 장화까지 갈색이었다. 그리고 갈색 모자의 챙으로 얼굴이 가려져 있었다.

꼽추 사내가 앞으로 나섰다. 그러나 그는 홀 전체를 제대로 굽어볼 수가 없었다. 결국 소대장이 빈 박스를 하나 갖다 주었다. 꼽추 사내는 그 박스 위에 올라가 연설을 시작했다.

"영도자의 소년 단원들이여!"

찢어지는 듯한 그의 목소리가 불쾌하게 울렸다.

"본인은 오늘 유대인에 대해 이야기하라는 위임을 받았다. 제군들은 모두 유대인을 알고 있을 것이다. 그러나 제군들이 아는 것은 너무나 적다. 앞으로 한 시간 내에 제군들은 달라질 것이다. 그러니까 앞으로 한 시간 안에 제군들은 유대인이 우리와 우리 민족에게 어떤 위험물인지를 알게 될 것이다."

프리드리히는 몸을 약간 앞으로 숙인 채 내 옆에 앉아 있었다. 그는 연설하고 있는 꼽추 사내에게 눈길을 고정시키고, 약간 입을 벌린 채 한 마디 한 마디를 모두 몸 속으로 삼키고 있었다. 꼽추 사내는 이를 알아채기라도 했는지, 오로지 프리드리히만을 향하여 연설하는 것처럼 보였다.

그의 말은 우리 마음 속에 새겨졌다. 그는 모든 것을 눈앞에 자세히 그려 줘서, 우리 앞에 실제로 존재하는 것처럼 믿게 만드는 능력이 뛰어났다.

"넓적하고 길이는 내 팔만 한 칼을 든 유대인 사제가 불쌍한 암소한테 다가간다. 그리고 도살용 칼을 천천히 들어올린다. 암소는 닥쳐올 죽음을 느끼고 울부짖으며 줄을 끊고 도망가려고 발버둥을 친다. 하지만 유대인에겐 동정심이 없다. 그 유대인 사제는 번개처럼 빨리 암소의 목에 넓적한 칼을 꽂는다. 피가 튀어 온 사방을 다 적신다. 암소는 버둥거리며, 공포에 질린 채 눈이 얼어붙는다. 하지만 유대인은 용서할 줄 모른다. 유대인은 짐승의 고통을 덜어 주지 않는다. 그는 피 흘리는 암소의 고통을 보고 즐긴다. 그는 피를 원하는 것이다. 유대인은 그대로 서서, 암소가 피 흘리며 비참하게 죽어 가는 것을 지켜 보고 있다. 이것이 도살[25]이다! 유대인의 신은 도살을 원한다!"

프리드리히가 몸을 앞으로 쑥 내밀고 있어서, 의자에서 넘어지지나 않을까 걱정스러울 지경이었다. 그의 얼굴은 창백했고, 숨소리는 거칠었다. 꽉 쥔 두 손은 무릎 안쪽 깊숙이 찔러넣고 있었다.

그 다음으로 꼽추 사내는 살해당한 그리스도교 아이들, 유대인의 범죄, 전쟁에 대하여 이야기했다. 그 이야기를 듣고 있자니 내 몸이 오싹 얼어붙는 것 같았다.

"오직 한 마디, 단 한 마디만 단원 여러분들의 머릿속에 철저히 새겨 넣고 싶다. 이 말은 신물이 나도록 반복해 주고 싶다. 유대인은 우리의 불행이다! 다시 한 번 말한다. 유대인은 우리의 불행이다! 다시 한 번 더! 유대인은 우리의 불행이다!"

드디어 연설이 끝났다. 특별위임을 받은 그 꼽추 사내는 땀을 흘리며 기진맥진하여 박스 위에 서 있었다. 그는 침묵했다.

홀 안은 아주 조용했다. 그 때 꼽추 사내가 프리드리히를 가리켰다.

"내가 말한 문장을 다시 말해 봐!"

프리드리히가 꼼짝하지 않자 그는 다시 한 번 좀더 날카로운 목소리로 물었다.

"내가 무슨 말을 했지?"

프리드리히는 앞으로 몸을 굽힌 채 뻣뻣하게 앉아 있었다.

"다시 말해 보라구!"

꼽추 사내의 목소리가 높아졌다. 그는 갑자기 상자에서 뛰어내리더니, 손가락으로 프리드리히를 가리키며 다가왔다. 프리드리히는 마른침을 삼켰다. 드디어 꼽추 사내가 프리드리히 바로 앞에 섰다. 그의 시선은 프리드리히에게 고정되어 있었다. 그리고 프리드리히의 목수건을 잡더니 가죽 끈을 아주 천천히 끌어당겼다.

"다시 말해 봐!"

그의 입에서 날카로운 쇳소리가 흘러 나왔다. 프리드리히는 조그만 소리로 말했다.

"유대인은 우리의 불행이다."

꼽추 사내는 순식간에 프리드리히를 자리에서 일으켜 세웠다. 그리고 프리드리히의 얼굴에 대고 소리쳤다.

"일어나! 나하고 말할 때는! 그리고 큰 소리로 대답해!"

프리드리히는 똑바로 일어났다. 그는 여전히 창백했지만 또렷한 목소리로 대답했다.

"유대인은…… 너희의 불행이다!"

순간 조용해졌다. 아무런 소리도 나지 않았다. 프리드리히의 새 가죽 끈은 꼽추 사내의 손에 들려 있었다. 프리드리히는 몸을 돌려 유유히 막사를 나갔다. 나는 그 자리에 그대로 앉아 있었다.

*공

우리는 거리를 따라 달려갔다. 프리드리히는 건물 벽에 가까이 다가가 멈추어 섰고 나는 보도블록에 서 있었다. 내가 신발가게에서 공짜로 얻은 조그만 고무공을 던졌다. 공은 보도 한가운데서 높이 날아오른 뒤 프리드리히 쪽으로 날아갔다. 프리드리히가 공을 잡아 다시 내게로 던져 주었다.

"우리 아빠가 곧 집에 오실 거야! 이제 집에 가야 해. 그리고 오늘 큰 장을 볼 거야. 그럼 나도 이런 공을 공짜로 얻을 수 있을지도 몰라."

프리드리히가 소리쳤다.

나는 고개를 끄덕이며 펄쩍 뛰어 수로 덮개 위로 넘어갔다. 행인 한 명이 우리 쪽으로 걸어오고 있어서 잠깐 공 던지기를 멈추었다. 행인이 지나가자마자, 나는 프리드리히에게 다시 공을 집어던졌다. 하지만 프리드리히는 공을 보지 못했다. 쨍그

랑 소리가 나더니 길가 가게 진열장의 유리가 산산조각이 났다. 공은 멀쩡하게 보도블록을 넘어서 다시 내가 서 있는 쪽으로 굴러왔다.

프리드리히는 멍하니 입을 벌린 채 박살난 가게 진열장을 쳐다보았다. 나는 공을 주우려고 허리를 숙이면서도 그 때까지 무슨 일이 일어났는지 깨닫지 못했다. 그 때 가게 주인 여자가 갑자기 우리 앞에 나타나서는 프리드리히의 팔을 낚아채며 소리치기 시작했다. 주인 여자의 고함 때문에 이웃집 문과 창문이 다 열렸다. 그리고 호기심에 찬 사람들이 모여들었다.

"도둑이야! 강도야!"

주인 여자의 남편은 바지 주머니에 두 손을 찌른 채 가게 문 앞에 서 있었다. 그는 늠름하게 파이프 담배를 피우고 있었다.

"이 유대인 놈아! 내 진열장을 깨고 들어와 물건을 훔치려고 했지?"

주인 여자는 모두에게 다 들으라는 듯이 큰 소리로 말했다. 그리고 나서 프리드리히를 쳐다보았다.

"하지만 내가 지키고 서 있으니 그렇게는 안 될걸. 내가 네 놈을 알아, 안다구! 넌 잡혔어. 이 유대인 놈, 너희들은 다 죽어야 해. 큰 백화점을 세워 우리 같은 작은 가게를 망하게 하더니, 그것도 모자라 이젠 도둑질까지 하려 들어! 기다려라, 히틀러가 너희들에게 본때를 보여 줄 거다!"

주인 여자는 프리드리히를 이리저리 거칠게 흔들었다.

"애가 그러지 않았어요!"

내가 끼어들며 소리쳤다.

"제가 공을 던졌어요. 그래서 유리가 깨졌어요. 우린 물건을 훔치려고 한 게 아니에요!"

주인 여자는 커다랗고 멍청한 눈으로 나를 바라보았다. 그리고 말없이 입을 벌렸다. 그 동안 여자의 남편은 깨진 유리 조각을 한쪽으로 쓸어 모았다. 그러고 나서 크고 작은 실패와 검은색과 흰색의 연실이 달린 작은 별, 자수용 색동 실타래를 깨진 진열장에서 꺼내 가게 안으로 옮겼다.

나를 보던 주인 여자의 눈이 갑자기 아주 가늘어졌다.

"넌 또 웬 참견이야? 대체 여기서 뭘 하고 있어? 당장 꺼져 버려! 한 집에 산다고, 네가 유대인 놈을 보호해 주어야 한다고 생각해? 가, 가라니까!"

여자는 나에게 쉿소리를 내질렀다.

"하지만 제가 실수로 공을 진열대에 던졌어요!"

나는 다시 한 번 애써 소리쳤다.

주인 여자는 프리드리히의 팔을 거칠게 잡은 채 한 대 후려치기라도 할 듯이 한 손을 높이 들어올렸다. 급기야 프리드리히는 울음을 터뜨렸고 주인 여자에게 잡히지 않은 다른 한쪽 소매로 눈물을 닦았다. 얼굴이 온통 눈물로 얼룩졌다. 나는 아무 말도 하지 않았다.

누군가 경찰을 불렀는지 한 경관이 숨을 헐떡거리고 땀을 흘리며 달려왔다. 경관은 여자에게 어떻게 된 일이냐고 물었다.

여자는 다시 한 번 강도 미수 이야기를 했다. 나는 경관의 소매를 잡아끌었다.

"경관님, 저 애가 그러지 않았어요. 제가 공을 던졌어요."

그러자 여자가 나를 위협하듯이 노려보았다.

"저 애 말은 믿지 마세요, 경관님. 유대인 놈을 보호하려고 그러는 거예요. 둘이 같은 집에 산다고 이 유대인 놈이 자기 친구라고 생각하는 거라구요."

경관이 나를 향해 몸을 숙였다.

"넌 이 일을 이해하지 못할 거다. 아직 어리니까."

그는 나에게 설명하기 시작했다.

"너는 저 애의 죄를 뒤집어쓰는 것이 우정이라고 생각하겠지. 하지만 너도 알다시피 저 애는 유대인이란다. 내 말을 믿어라. 우리 어른들도 유대인에 대한 경험이 있단다. 유대인은 도통 믿을 수가 없단다. 간악하고 사기를 잘 치지. 저 유대인 아이가 여기서 무슨 짓을 했는지를 본 사람은 이 주인 여자뿐이다."

"하지만 저 아줌마는 보지 못했어요!"

내가 경관의 말을 끊으며 소리쳤다.

"저만 거기 있었다구요. 제가 그랬어요!"

경관은 눈썹을 찡그렸다.

"너 설마 저 주인 여자를 거짓말쟁이로 몰아붙이고 싶은 것은 아니겠지!"

나는 무슨 말이든 하려고 했지만, 경관은 더 이상 내가 말하도록 가만 놔 두지 않았다. 주인 여자는 쥐고 있던 프리드리히의 손목을 경관에게 넘겼다. 경관은 주인 여자와 호기심 어린 사람들의 기다란 행렬을 거느리고 프리드리히를 우리 집으로 데려갔다. 나도 구경꾼의 행렬 속에서 같이 따라갔다. 길을 가던 중에 우리는 슈나이더 씨를 만났다. 프리드리히는 훌쩍거리며 소리쳤다.

"아빠!"

슈나이더 씨는 깜짝 놀라 구경꾼 행렬을 바라보았다. 그리고 다가와서 한 사람 한 사람에게 일일이 인사하며 놀란 눈으로 쳐다보았다.

"당신 아들이오?"

경관이 말문을 열었다. 그 순간 주인 여자가 경관의 말을 가로막으며 폭포수처럼 퍼붓듯이 다시 자기 이야기를 반복했다. 하지만 유대인에 대한 말은 쏙 뺐다.

슈나이더 씨는 참을성 있게 여자의 이야기를 끝까지 들었다. 그러고는 프리드리히의 턱과 머리를 손으로 감싸고 눈을 들여다보며 말했다.

"프리드리히, 네가 진열대를 일부러 깨뜨렸니?"

프리드리히는 흐느끼며 고개를 저었다.

"아저씨, 제가 그랬어요! 하지만 일부러 그런 건 아니에요."

나는 큰 소리로 말하며 슈나이더 씨에게 조그만 고무공을 내밀었다. 슈나이더 씨는 숨을 깊이 들이쉬었다.

"당신이 방금 내게 했던 말을 맹세할 수 있다면, 신문사에 고발하세요. 당신은 내가 누구인지, 또 내가 어디 사는지도 알고 있잖소!"

여자는 아무런 대답이 없었다. 슈나이더 씨는 지갑을 꺼내며 날카로운 목소리로 말했다.

"경관님, 이제 내 아들을 풀어 주시오! 여기서 당장 배상하겠소."

* 계단에서의 대화

　슈나이더 씨는 프리드리히와 함께 계단을 내려가고 있었다. 반면 집주인 레쉬 씨는 난간을 잡고 헐떡거리며 계단을 오르고 있었다. 레쉬 씨가 우리 집 앞 계단에서 걸음을 멈추고 숨을 몰아쉬며 슈나이더 씨와 마주치기를 기다렸다.

　슈나이더 씨는 인사만 하고 지나가려고 했다. 그런데 레쉬 씨는 그 인사에 대꾸도 하지 않고 슈나이더 씨의 앞을 막아섰다. 레쉬 씨는 얼굴이 시뻘게진 채 숨을 거칠게 쉬며 내뱉듯이 말했다.

　"당신하고 할 얘기가 있소."

　"그러시죠."

　슈나이더 씨는 주머니에서 자기 집 열쇠를 꺼냈다.

　"저희 집으로 들어가시죠, 레쉬 씨. 계단보다는 집 안이 좋을 것 같은데요."

슈나이더 씨는 레쉬 씨에게 먼저 올라가라는 손짓을 했다. 하지만 레쉬 씨는 거절했다.

"난 더 이상 당신 집에 발을 들여 놓지 않겠소. 마침 여기서 당신을 맞닥뜨리게 되어 다행이오. 할 말을 여기서 할 수 있으니까."

슈나이더 씨는 헛기침을 하면서 가볍게 고개를 숙였다.

"정 그러시다면 여기서 말씀하시지요, 레쉬 씨."

레쉬 씨는 잠깐 시간을 두었다가 우리 집 앞으로 다가와서 초인종을 눌렀다. 아빠가 문을 열었다. 나는 아빠 등 뒤에서 레쉬 씨와 슈나이더 씨가 있는 쪽을 넘겨다보았다. 레쉬 씨가 아빠에게 말했다.

"당신이 좀 들어 주겠소? 당장 증인이 필요하오."

아빠는 한 마디도 하지 않고 그대로 문 앞에 서 있었다. 어리둥절해하며 레쉬 씨와 슈나이더 씨를 번갈아 쳐다볼 뿐이었다. 슈나이더 씨도 아빠를 쳐다보며 어깨를 으쓱했다. 프리드리히는 겁에 질려서 계단 난간을 꼭 쥐고 있었다. 레쉬 씨는 숨을 깊고 길게 들이쉬었다. 그리고 헛기침을 하고 나서 다시 한 번 깊이 숨을 쉬었다.

"일단, 이사나 가시오!"

그는 드디어 참았던 말을 내뱉었다. 아무도 말이 없었다. 흥분한 레쉬 씨의 가쁜 숨소리만 들릴 뿐이었다. 아빠와 슈나이더 씨는 서로 쳐다보았고, 레쉬 씨의 시선은 바닥을 향해 있었다. 프리드리히 역시 어쩔 줄 몰라 계단 아래 전등을 내려다보고 있었다. 나는 도대체 무슨 영문인지 알 수가 없었다.

"뭐라고요?"

슈나이너 씨가 되물었다.

"우선, 이사나 가시오!"

레쉬 씨가 다시 말했다.

"설마 진심은 아니시겠죠, 레쉬 씨!"

슈나이더 씨는 얼굴에 미소를 띠며 말했다. 그 때 아빠도 처음으로 대화에 끼어들었다.

"그건 안 되죠, 레쉬 씨. 슈나이더 씨는 임대인 보호법에 따라 보호를 받습니다."

레쉬 씨는 성난 눈길로 아빠를 쏘아보며 소리쳤다.

"나는 당신한테 이 사람을 옹호하라고 부탁하지 않았소. 단지 증인이 되어 달라고 했을 뿐이오. 다른 건 없소!"

아빠가 숨을 들이쉰 뒤 말했다.

"내 말할 권리를 당신이 빼앗을 수는 없어요, 레쉬 씨. 그리고 난 증인이 될 생각도 없소."

아빠는 나를 집 안으로 밀어넣으면서 꽝 하고 문을 닫았다. 그러나 아빠와 나는 문 뒤에 가만히 서서 레쉬 씨가 슈나이더 씨에게 하는 말을 계속 엿들었다. 슈나이더 씨가 다시 예의 바르게 대화를 이어 나갔다.

"레쉬 씨, 준비할 시간도 없이 당장 집을 내놓으라고 하시면 안 되죠."

레쉬 씨는 헛기침을 하며 대답했다.

"그래도 된다는 걸 앞으로 보게 될 거요."

슈나이더 씨가 말했다.

"그러면 왜 집을 내놓으라고 하는지 물어 봐도 되겠습니까?"

"왜냐 하면 당신은 유대인이니까!"

레쉬 씨는 집이 다 울릴 정도로 큰 소리로 대답했다. 그러고는 몸을 휙 돌려 계단을 내려갔다. 계단이 덜거덕거리는 소리가 집 안까지 들려 왔다.

*슈나이더 씨

우리는 집 앞의 보도블록에 앉아 있었다.

프리드리히가 내게 수학 숙제를 가르쳐 주었다. 하지만 나는 수업 시간 때와 마찬가지로 프리드리히가 설명하는 것을 제대로 듣고 있지 않았다. 나는 앞에 있는 돌을 발로 이리 밀고 저리 밀면서 장난을 치고 있었다.

프리드리히는 너무 열심히 문제를 푸느라 내가 딴 짓 하는 것을 전혀 눈치채지 못했다. 내가 돌을 발로 툭 찼을 때 프리드리히는 깜짝 놀라 돌이 날아가는 것을 멀거니 바라보았다.

"미안!"

그러나 프리드리히는 나의 사과에는 전혀 관심이 없었다. 그는 손으로 눈을 가리고는 돌이 날아가는 방향을 소리로 알아맞히려고 했다. 거리는 텅 비어 있어 아무도 보이지 않았다. 거리 저 끝에서 단 한 사람만이 걸어오고 있을 뿐이었다. 그 사람은 천천히 우리 쪽으로 다가왔다.

"우리 아빠야?"

프리드리히가 조그만 소리로 물었다.

나는 멀리 있는 그 사람을 다시 한 번 살펴보았다.

"아니! 너희 아빠는 좀더 빨리 걸어. 그리고 지금은 시간이 너무 이르잖아. 벌써 일을 끝내셨을 리가 없어."

프리드리히는 내 말에 아무 대꾸도 하지 않고, 다가오는 사람의 행동을 일일이 좇고 있었다. 그 사람은 서류가방을 들고 고개를 푹 떨어뜨리고 있었다. 모자가 그의 얼굴을 가려서 잘 보이지 않았다. 그리고 피곤한 듯 다리를 질질 끌며 걸었다. 가끔 불안한 듯이 멈칫거리다가 어떤 집의 정문 울타리 쪽으로 다가갔다. 그런데 울타리를 반 발자국 앞두고 비틀거리다가 방향을 바꿔 다른 쪽 길로 비틀거리며 걸어갔다.

"술 취했어."

내가 말했다.

"우리 아빠야!"

프리드리히가 소리쳤다. 그러고는 벌떡 일어나 비틀거리는 사람 쪽으로 달려갔다. 나는 프리드리히가 잘못 보았을 거라 생각하고 그대로 앉아 있었다. 프리드리히가 그 사람에게 바짝 다가서더니 얼굴을 쳐다보지도 않고 그를 부축했다. 그러고는 남자를 데리고 이 쪽으로 걸어왔다. 두 사람이 가까이 왔을 때,

비로소 나는 그 사람이 슈나이더 씨라는 것을 알았다.

프리드리히는 자기 아빠의 팔을 보도블록 쪽으로 잡아끌었다. 그래서 내가 술 취한 자기 아빠를 볼 수 없게 했다. 그리고 나에게 등을 돌린 채 자기 아빠를 정원으로 이끌었다.

슈나이더 씨는 늘 인사를 잊는 법이 없는 분이었다. 그런데 그 날은 눈을 내리깔고 있었다. 그의 얼굴에는 눈물이 흐르고 있었다. 슈나이더 씨가 울고 있었던 것이다. 눈물을 닦지 않아서 윗옷에는 축축한 눈물자국이 선명하게 남고 말았다. 슈나이더 씨는 작은 소리로 울고 있었지만 나는 그 소리를 분명히 들을 수 있었다.

'슈나이더 씨가 울다니.'

나는 그 때까지 남자 어른이 우는 것을 본 적이 없었다.

프리드리히와 슈나이더 씨가 집 안으로 사라진 뒤에도 나는 여전히 거리에 서 있었다. 얼마 후 집으로 들어간 나는 엄마에게 슈나이더 씨가 울고 있었다고 얘기했다.

"우리는 모르는 체하자. 슈나이더 씨한테 무슨 안 좋은 일이 있었나 보구나. 방해하지 말자꾸나."

나는 부엌에서 책을 읽으려고 했지만 계속 슈나이더 씨 생각이 났다. 저녁때가 되자 슈나이더 부인이 우리 집에 왔다. 보통 때보다 얼굴이 더 창백해 보였다. 머리도 마구 헝클어져 있었다. 슈나이더 부인은 불안한 눈빛으로 우리 집을 둘러보았다. 엄마는 부엌에서 일을 하면서 슈나이더 부인을 쳐다보지도 않고 조용히 물었다.

"슈나이더 부인, 남편에게 무슨 일이 있어요? 무슨 걱정거리라도 생긴 건가요?"

슈나이더 부인은 말없이 고개를 저었다. 그러고는 갑자기 식탁 의자에 털썩 주저앉았다. 팔을 식탁에 올리고 두 손으로 얼굴을 감싸더니 큰 소리로 흐느끼기 시작했다. 슈나이더 부인의 온몸은 점점 더 심하게 흔들렸다. 그 울음은 도무지 멈추지 않았다.

"무, 무서워요. 너무나 무서워요!"

슈나이더 부인이 말을 더듬었기 때문에 무슨 말을 하는지 잘 알아들을 수 없었다. 슈나이더 부인이 절망스럽게 흐느끼자 엄마는 깜짝 놀라 뒤를 돌아보았다. 더 이상 아무것도 묻지 않고 아무 말도 하지 않았다. 그리고 부엌 찬장의 가장 깊은 곳에서 평소엔 잘 꺼내지 않던 원두커피 상자를 꺼냈다. 엄마는 기껏해야 세 잔 분량의 물이 담기는 커피포트에 원두를 갈아 여섯 숟가락씩이나 넣었다.

슈나이더 부인은 계속 울면서 신음했다. 그녀의 눈물이 왁스를 입힌 식탁보 위에 고여 마치 조그만 홈이 난 것처럼 보였다.

엄마는 커피가 가라앉는 동안 브랜디 병을 들고 왔다. 그 브랜디는 위급 환자가 있을 때만 먹이는 것이었다. 그런데 엄마는 커피를 한 잔 따르고 나서 거기에 한 모금 정도의 브랜디를 부었다. 슈나이더 부인은 아무것도 알아차리지 못했다.

계속되는 슈나이더 부인의 흐느낌 때문에 식탁이 흔들렸다. 그리고 가끔씩 알아들을 수 없는 말도 중얼거렸다. 엄마는 의자 하나를 끌어와 슈나이더 부인 옆에 바짝 붙어 앉았다. 그리고 부인의 고개를 들어 눈물과 땀을 닦아 주었다. 그런 다음 브랜디를 탄 뜨겁고 진한 커피를 한 모금씩 먹여 주었다.

슈나이더 부인이 안정을 되찾기까지 꽤 오랜 시간이 걸렸다. 마침내 정신을 차린 부인은 엄마가 건네 준 물수건으로 부은 눈을 식혔다.

"죄송해요. 더 이상은 못 하겠어요."

슈나이더 부인이 나지막이 말했다. 엄마는 고개를 끄덕이며 슈나이더 부인의 머리를 부드럽게 쓰다듬으며 말했다.

"말을 해 봐요. 말을 하세요. 그러면 마음이 가벼워져요."

슈나이더 부인이 고개를 끄덕였지만 자꾸 눈물이 흘렀다. 그렇게 훌쩍거리다가 잠시 후 들릴 듯 말 듯한 목소리로 말했다.

"남편이 해고당했어요."

엄마는 이해할 수 없다는 듯이 슈나이더 부인을 쳐다보았다. 그러나 슈나이더 부인은 그 눈길에 아무런 반응을 보이지 않았다. 그저 앞에 있는 식탁보만 멀거니 바라볼 뿐이었다.

"당신 남편은 공무원이죠?"

슈나이더 부인이 그렇다고 대답했다.

"내가 알기로는, 공무원은 해고될 수 없는 것 아닌가요?"

슈나이더 부인은 아무 대답이 없었다.

"슈나이더 씨가, 그러니까…… 혹시 어떤 실수라도……."

엄마의 물음에 슈나이더 부인은 고개를 저었다. 그리고 절망적으로 흐느끼며 말했다.

"남편은 강제로 은퇴당했어요. 이제 겨우 서른두 살인데……."

"아니, 뭐 때문에요?"

엄마가 물었다.

슈나이더 부인은 고개를 들고 아무런 말 없이 퉁퉁 부은 눈으로 엄마를 쳐다보았다. 그러고는 한참 뒤에 한 마디씩 강조하며 또박또박 대답했다.

"우리는 유대인이니까요!"

*법정 공방

재판장은 새로운 서류를 집어 들고 일어나 법정을 향해 소리쳤다.

"원고 레쉬, 피고 슈나이더."

재판장이 다시 자리에 앉자 그 모습은 앞에 쌓여 있는 서류철 뒤로 사라졌다. 펄렁거리는 망토를 걸친 변호사가 증인석의 날개문을 열어 젖히고 나왔다. 그는 방청석에 있는 레쉬 씨에게 증인석으로 오라고 눈짓을 했다.

슈나이더 씨는 재판장이 앉아 있는 책상으로 다가가서 기다리고 있었다. 손가락을 끊임없이 움직이는 것을 빼면 대체로 침착해 보였다.

레쉬 씨의 변호사가 슈나이더 씨의 맞은편에 섰다. 재판장은 고개를 들어서 작은 소리로 서기관에게 무엇을 필기해야 할지 알려 주었다. 그러고 나서 그는 레쉬 씨의 변호사에게 몸을 돌렸다.

"변호사, 이 탄원서에서는 정당성을 하나도 못 찾겠습니다. 단지 원고가 부담을 느낀다는 이유로 피고가 지금 살고 있는 집을 비워 줄 것을 요청하고 있는데, 이 탄원이 어디에 근거하고 있는지는 구체적으로 밝히고 있지 않습니다."

변호사가 재판장에게 절을 했다. 그리고 두 손으로 망토를 쥐어 가슴 위로 바짝 끌어당긴 다음 상체를 뒤로 빼고 말을 했다.

"재판장님! 여기 이 퇴거 탄원은 특별한 경우입니다. 하지만 법적 사실은 명백합니다. 원고는 오늘날 모든 독일인에게 보장되어야 할 마땅한 권리를 요구하고 있습니다. 우리, 그러니까 원고와 그의 일을 대리하고 있는 저는 법적으로 새로운 영역에 발을 딛고 있다는 것을 알고 있습니다. 이미 고대 로마 법전에서도……."

재판장이 헛기침을 하는 바람에 잠시 변론이 멈췄다. 재판장이 말했다.

"잠깐, 변호사. 민사 소송법에 따라 우리는 소송 건을 가능한 빨리 설명하도록 되어 있습니다. 로마법까지 들고 나오면 공방이 며칠은 걸릴 겁니다. 그러니 사안을 짧게 설명해 주기 바랍니다."

변호사는 마치 자신의 잘못을 뉘우치기라도 한 듯이, 턱이 가슴에 닿을 정도로 머리를 깊이 숙였다. 하지만 곧 그는 상체를 뒤로 젖히고 망토를 끌어당기며 다시 말을 하기 시작했다.

나는 흥분하여 공방을 벌이는 사람들을 뚫어지게 쳐다보았다. 법정에 가 본 건 그 때가 처음이었다. 엄마는 내 손을 꽉 쥐었다. 엄마 역시 그런 일은 처음 겪는 것이었다. 슈나이더 씨는 무슨 일이 있어도 우리 모두 함께 와 줄 것을 부탁했다.

우리 옆 자리에는 슈나이더 부인이 쪼그리고 앉아 있었다. 부인은 흥분해서 온몸을 떨며 딸꾹질을 했다. 프리드리히는 자기 엄마에게 바짝 몸을 붙이고 있었다. 그리고 불안으로 가득 찬 눈으로 자기 아빠와 재판장, 변호사를 번갈아 쳐다보았다.

"저의 의뢰인인 원고는 일 년 전부터 우리의 존경하는 제국 수상이신 아돌프 히틀러가 이끄는 '독일 국가 사회주의 노동당'의 당원입니다."

이 말과 함께 변호사는 건방진 태도를 취하면서 나치의 십자가를 찰각 접었다. 그런 다음 그는 전과 같은 태도로 말을 계속했다.

"원고는 그의 깊은 영혼으로부터 이 당의 정신을 믿으며 그 가르침이 올바르다는 것을 확신하고 있습니다."

변호사는 한 발자국 뒤로 간 다음 망토를 넓게 펼치고, 경종이라도 울리듯이 법정의 천장을 향해 오른쪽 집게손가락을 치켜세웠다. 개가 꼬리를 흔들듯이, 변호사는 손가락을 허공에서 흔들었다.

"국가 사회주의의 사고방식에서 본질적인 요소는 유대인에 대한 거부입니다. 재판장님!"

변호사는 마치 결투를 할 때처럼 한 발짝을 앞으로 뻗었다.

그러고는 슈나이더 씨를 가리키며 목소리를 한층 높여 말했다.

"재판장님, 피고는 유대인입니다!"

재판장은 질문을 하듯이 변호사를 쳐다본 다음 슈나이더 씨와 방청객을 쳐다보았다. 어색한 침묵이 흐른 뒤 변호사는 변론을 계속했다. 그는 법정에 대고 맹세했는데, 그의 목소리는 마치 깨질 것처럼 법정에 울려 퍼졌다.

"자신의 당의 기본원칙에 따라, 민족의 불행이며 지속적인 위험물로 여겨야 하는 자를 의뢰인에게 임대인으로 받아들이라고 할 수 있겠습니까? 의뢰인은 자신의 집에 살고 있는 유대인의 존재를 임대보호법의 틀 속에서 지속적인 부담으로 여기고 있습니다. 이러한 이유에서 우리는 신청하는 바입니다. 피탄원자를……."

재판장은 손가락을 치켜들고는 변호사의 말을 정정했다.

"피고입니다, 변호사! 피고!"

변호사는 절망적인 표정을 지으며 안타까워했다.

"맞습니다, 재판장님. 피고지요. 죄송합니다."

변호사는 깊이 숨을 들이마시고는 한층 더 높은 목소리로 말하기 시작했다.

"우리는 신청합니다. 피고에게 지금 그가 거주하고 있는 집에서 퇴거하라는 판결과 함께 이 재판 과정의 비용을 지불하도록 해 주십시오."

재판장이 서기관에게 눈짓을 했다. 그런 다음 슈나이더 씨 쪽으로 몸을 돌렸다.

"당신의 대답은 무엇이오?"

슈나이더 부인은 불안하게 이리저리 앉은 자세를 바꾸었다. 부인 옆에는 프리드리히가 뻣뻣한 자세로 앉아 있었다. 엄마는 내 손을 더 세게 쥐었다. 슈나이더 씨는 변호사보다 더 침착한 목소리로 대답했다.

"저는 이 탄원을 기각시켜 달라고 신청합니다. 원고는 제가 유대인이라는 걸 진작부터 알고 있었습니다. 얼마 전까지만 해도 그는 그 사실에 대해 문제 삼지 않았습니다."

재판장은 가볍게 몸을 앞으로 내밀었다.

"원고의 집에서 산 지 얼마나 됐습니까?"

슈나이더 씨가 대답했다.

"대략 십 년 전부터 살았습니다."

재판장은 변호사를 보며 물었다.

"피고가 보고한 것이 사실입니까?"

변호사는 레쉬 씨를 쳐다보며 물었다.

"맞습니까?"

레쉬 씨가 숨을 거칠게 몰아쉬면서 증인석에서 일어났다. 그러고는 천천히 앞으로 나왔다.

"레쉬입니다. 제가 원고입니다."

레쉬 씨는 재판장에게 자기를 소개했다. 서기는 재판기록에 그의 이름을 적어 넣었다.

재판장이 물었다.

"당신은 이 사안에 대해 어떻게 얘기하겠소?"

레쉬 씨는 가슴 앞에 두 손을 펼치고 숨을 들이쉰 다음 말하기 시작했다.

"재판장님, 저는 확신에 찬 국가 사회주의자입니다. 저의 개인적인 참여를 통하여, 국가 사회주의의 세계관을 실현시키는 데 한몫 하고 싶습니다. 유대인인 슈나이더는 그런 저를 방해하고 있습니다. 그가 있기 때문에 당 동지들이 우리 집을 방문하지 못하고 있습니다. 당 동지들뿐 아니라 사업동료들도 나를 멀리하고 있습니다. 재판장님, 이 유대인은 세계 유대인의 사신으로서 내 사업을 망칠 것입니다. '돌격대'[26]를 읽은 독자라면 누구나 우리 독일 경제가 입은 엄청난 피해가 유대인 때문이라는 것을 잘 알고 있지요."

재판장은 레쉬 씨의 말을 끊었다.

"잠깐, 정치적인 연설을 하지 말고 이 사안에 대해서 말하시오. 내 질문에 대해서는 아직 대답하지 않았소. 피고는 십 년 전부터 당신의 집에 살고 있었고, 그가 유대인이라는 것을 원래 알고 있었습니까?"

레쉬 씨는 판사의 책상에 더 가까이 다가갔다.

"네. 하지만 이전에는 사정이 좀 달랐죠. 그 동안에 세월이 변했어요. 난 내 집에 유대인이 사는 걸 용납하지 못합니다."

재판장은 그만 하라고 손짓을 한 뒤 레쉬 씨에게 말했다.

"당신은 국가 사회주의 노동당의 당원이 된 이후로 당신의 집에서 더 이상 유대인이 사는 것을 용납할 수 없다고 했습니다. 당신이 이다음에 가톨릭 아니면 채식주의에 반대하는 어떤 정당에 가입하지 않는다고 확신할 수 있습니까? 오늘 내가 당신의 요구에 맞춰 주면, 내년 혹은 내후년에는 가톨릭이라거나 고기를 먹지 않는다는 이유로 임대인을 판결해 달라고 요구할 겁니다."

레쉬 씨는 고개를 저었다.

"하지만 그건 전혀 다른 문제입니다."

그 때 변호사가 레쉬 씨의 소매를 옆으로 끌어당기고 소곤소곤 이야기를 나누었다. 레쉬 씨는 손을 마구 내저었다. 변호사는 그런 레쉬 씨를 안정시키려고 애썼다.

재판장은 창문 너머를 바라보았다.

방청석이 소란스러워졌다. 슈나이더 부인은 이마에서 땀을 닦아 냈다. 프리드리히는 부인의 팔을 쓰다듬고 있었다.

레쉬 씨가 법정을 빠져나가는 동안 변호사가 나왔다.

"저의 의뢰인이 이 요청사항을 취소할 것을 저에게 위임했습니다."

재판장은 모두에게 다 들릴 만큼 쾅 소리를 내며 법전을 덮고 다음 소송 민원들을 호명하기 위해 앞에 놓인 서류 더미에서 새 서류를 꺼내고 있었다.

슈나이더 씨는 재판장에게 절을 했다. 그런데 그 때 프리드리히가 갑자기 큰 소리로 울기 시작했다. 슈나이더 부인이 그의 입을 손으로 막았다. 법정에 있던 모든 사람들이 우리 쪽을 쳐다보았다. 재판장은 울음소리가 나는 곳을 찾으며 물었다.

"누굽니까?"

슈나이더 씨가 말했다.

"제 아들입니다."

재판장이 큰 소리 말했다.

"애야, 이리로 와라."

슈나이더 씨는 방청석에서 프리드리히를 데리고 판사석으로 갔다.

"왜 우는 거니?"

판사가 따뜻한 목소리로 물었다.

"애야, 걱정하지 말아라. 너희 가족에게는 아무 일도 없을 거야. 일이 정당하게 해결되도록 하기 위해 내가 여기 앉아 있는 거란다."

프리드리히는 눈물을 닦으며 말했다.

"네, 판사님은 그렇지요."

*백화점에서

프리드리히는 새 옷을 입고 있었다. 녀석은 모델처럼 내 앞에서 한 바퀴 빙그르르 돌았다. 내가 교회에 갈 때 입는 옷보다 더 좋아 보였다.

"어디서 난 거니?"

프리드리히는 웃었다. 그러더니 내 손을 잡고는 찻길을 따라 내려갔다.

"어디 가려고?"

나는 손을 빼내며 물었다.

"같이 가자! 보여 줄 게 있어. 아마 깜짝 놀랄 거야!"

나는 호기심에 차서 그를 쫓아갔다. 우리는 링가를 지나고, 좁고 꼬불꼬불한 골목길을 통과해서 시장에 도착했다. 프리드리히는 사람들을 밀치고 앞으로 갔다. 내가 쇼윈도를 들여다볼 시간조차 주지 않았다. 우리는 아케이드 한쪽 벽면에 붙어서

시장을 빠져 나가 중앙도로로 접어들었다.[27]

프리드리히는 건물 앞에서 보초를 서고 있는 남자에게 싱긋 웃음을 지으며 '히틀러 만세!' 하고 인사를 했다. 남자는 부동 자세로 답했다.

우리는 헤르셀 마이어 백화점 정문으로 들어갔다. 푸른 챙이 있는 모자를 쓰고, 어깨 위로 수많은 은색 줄이 찰랑거리는 푸른 외투를 걸친 키 큰 남자가 우리 앞에서 문을 열어 주며 깍듯이 인사했다.

1층에 있는 어마어마하게 큰 수정 샹들리에의 불빛이 사방을 둘러싸고 있는 거울에 반사되어 더욱 현란하게 빛났다. 우리가 지나가자 여자 판매원들은 기대에 찬 표정으로 판매대 뒤에서 일어나 우리를 맞았다.

프리드리히는 다른 곳에 한눈팔지 않고 똑바로 앞만 보며 에스컬레이터 쪽으로 갔다. 그러고는 계속 말려 올라가는 에스컬레이터 위에 성큼 올라서서 따라오라고 눈짓했다.

나는 프리드리히보다는 조금 더 조심스럽게 에스컬레이터 위에 두 발을 올려놓았다. 그 위에서 안정된 자세를 잡고 나서 프리드리히를 뒤쫓아갔다. 프리드리히는 내가 따라잡기도 전에 벌써 두 번째 에스컬레이터 위로 올라섰다. 그러고는 '2층, 장난감'이라고 쓰인 표지 앞에서 나를 기다렸다. 그는 내 손을 잡고 장난감 매장 전체를 한꺼번에 다 볼 수 있는 곳으로 갔다.

"자, 뭐가 보이니?"

프리드리히가 자랑스럽게 말했다.

사방에 장난감 진열대가 세워져 있었다. 거기에는 집짓기 블록, 흔들목마, 책, 인형, 롤러스케이트와 자전기가 진열돼 있고, 그 시이사이에는 여자 판매원들이 서 있었다. 판매대 사이를 걸어다니거나 판매원들의 서비스를 받는 손님들도 띄엄띄엄 보였다. 그리고 회색 줄무늬 바지에 검은 프록코트를 입은 한 신사가 이리저리 바삐 돌아다니고 있었다. 그는 이쪽에서 판매원에게 뭔가를 지시하고, 저쪽에 가서는 장난감을 똑바로 정리했다.

"난 모르겠어."

내가 말했다. 그러자 프리드리히가 내 기분을 맞춰 주었다.

"이리 와. 내가 도와 줄게."

그는 내 어깨를 잡고 인형, 자동차, 굴렁쇠, 연필을 지나 검은 프록코트의 신사 뒤로 바짝 붙으며 걸어갔다. 그 신사는 왠지 내가 아는 사람같이 느껴졌다. 프리드리히가 갑자기 큰 소리로 헛기침을 했다. 신사가 가만히 몸을 돌렸다. 그 신사는 바로 슈나이더 씨였다.

슈나이더 씨는 웃음을 띠면서 프리드리히를 팔꿈치 높이까지 번쩍 들어 올렸다. 그러고는 내게 인사를 건넸다.

"자, 하인리히. 우체국 공무원 슈나이더 씨가 마음에 드니,

아니면 백화점 매장 팀장 슈나이더 씨가 마음에 드니?"

나는 머뭇거리며 말했다.

"아저씨 참 멋져 보여요."

슈나이더 씨가 다시 껄껄 웃었다.

"아무튼 나는 지금이 더 좋구나!"

슈나이더 씨는 내 어깨에 손을 올렸다. 그렇게 오른손으로는 나를, 왼손으로는 프리드리히를 잡고 매장 사이를 돌아다니다가 평평하고 커다란 판매대로 갔다.

그 판매대 위에는 장난감 기차가 세워져 있었다. 그리고 산과 골짜기 사이로 기찻길이 놓여 있었다. 여러 대의 기관차가 동시에 출발할 수도 있고, 기차역에 나란히 서 있을 수도 있었다.

슈나이더 씨는 우리에게 스위치 켜는 방법을 설명해 주었다. 그리고 나서 우리가 기차 놀이를 할 수 있게 준비해 주었다. 한동안 슈나이더 씨는 옆에 서서 우리가 노는 모습을 바라보았다. 프리드리히는 화물차를 받았고, 나는 급행열차와 완행열차를 받았다. 하마터면 우리는 충돌 사고를 낼 뻔했지만 슈나이더 씨가 막아 주었다.

내가 기관차를 연결시키고 있는 동안, 슈나이더 씨가 불쑥 물었다.

"소년 단원은 요즘 어떠니?"

나는 프리드리히를 쳐다보았다.

"프리드리히가 나한테 다 말했다."

내가 대답했다.

"전 좋아요. 다음에는 차 타고 진짜 멀리까지 나가요. 저도 같이 갈 수 있을지도 몰라요. 저축을 하고 있거든요. 아주 멋질 거예요. 우린 텐트에서 자고 음식도 직접 만들 거예요. 프리드리히가 같이 갈 수 없어서 섭섭해요."

슈나이더 씨는 저 멀리 어딘가를 바라보았다. 그의 시선은 그 곳에 단단히 고정되어 있었다. 그리고 알아볼 수 없을 정도로 가만히 고개를 끄덕였다.

"섭섭하지. 하지만 그러는 게 더 나을 거야."

그는 속삭이듯이 말했다.

우리는 아무 말 없이 놀이를 계속했다. 슈나이더 씨는 우리 뒤에서 이리저리 돌아다녔다. 그러다가 갑자기 다시 물었다.

"네 아빠는 소년 단원에 대해 뭐라고 하시니?"

나는 고개를 돌리고 대답했다.

"아빠는 제가 소년 단원을 좋아하는 것에 대해 기뻐하세요. 제가 시간에 맞춰서 규칙적으로 봉사하러 갈 수 있게 신경 써 주시구요. 특히 아빠가 당에 들어가시고 난 뒤부터는 더 그래요."

슈나이더 씨는 깜짝 놀라 나를 바라보았다.

"그래, 네 아빠도 이제 당에 들어가셨나 보구나."

나는 고개를 끄덕거렸다.

"네, 우리한텐 이익만 될 거래요. 아빠가 그러셨어요."

슈나이더 씨는 한숨을 내쉬고는 몸을 돌렸다. 한참 뒤 슈나이더 씨가 소리쳤다.

"에버트 양, 이리 한번 와 보세요."

판매원 아가씨가 달려왔다.

"에버트 양, 이 두 꼬마 신사들이 우리 가게의 장난감 쇼를 보고 싶어하네요. 이 신사들이 보고 싶어하는 것은 무엇이든 다 보여 드리고, 필요하다면 설명도 해 드리세요. 그리고 구경이 끝나면 일 마르크짜리 장난감을 골라서 갖고 가게 하세요. 알겠죠, 각각 일 마르크어치씩입니다. 계산은 내가 합니다. 자, 이제 신사들을 모시고 가세요."

에버트 양은 미소를 지으며 고개를 끄덕였다.

슈나이더 씨는 우리에게 악수를 청했다.

"안녕, 애들아. 재미있게 놀아라."

슈나이더 씨는 천천히 멀어져 갔다. 네 번째 판매대 뒤에서 슈나이더 씨는 몸을 돌리고는 우리를 향해 손을 들어 인사했다. 하지만 더 이상 미소를 짓지는 않았다.

* 선생님

학교 종이 울렸다.

마지막 종소리와 함께 노이도르프 선생님은 책을 덮고 의자에서 일어났다. 선생님은 깊은 생각에 잠긴 채 천천히 우리 쪽으로 걸어왔다. 선생님은 헛기침을 한 후 말했다.

"수업은 끝났지만, 잠깐만 여기서 기다려라. 너희들에게 할 말이 있다. 듣고 싶지 않은 사람은 먼저 집에 가도 된다."

우리는 의아해하며 서로를 쳐다보았다. 노이도르프 선생님은 창가로 다가가 우리에게 등을 돌리고 섰다. 윗옷 주머니에서 파이프를 꺼내더니 담배를 채워 넣었다. 그러는 동안에도 선생님은 운동장의 나무들을 찬찬히 살펴보고 있었다.

우리는 시끄럽게 쿵쾅거리면서 책가방을 챙겼다. 스케치북과 책가방을 다 챙겼지만 아무도 교실을 나가지 않았다. 아이들은 선생님이 말하기를 기다리고 있었다.

노이도르프 선생님은 파이프에 여러 번 불을 붙이고 맛있게 파이프를 빨더니 유리창에 연기를 뿜었다. 그러고는 우리를 향해 서서 분단을 훑어보았다. 모두들 여전히 자리에 앉아 있는 것을 보고는 미소를 지으며 고개를 끄덕였다.

아이들의 눈은 모두 노이도르프 선생님에게 향해 있었다. 우리는 입을 다물었다. 복도에서 다른 반 아이들이 내는 시끌벅적한 소리가 들려 왔다. 뒤쪽 어딘가에 앉은 아이 한 명이 발을 달달 떨고 있는 소리도 들렸다.

노이도르프 선생님은 맨 앞줄까지 걸어갔다가 빨갛게 불이 붙은 파이프를 물고 교탁 앞 의자에 다시 앉았다. 선생님은 파이프를 빨면서 우리들 한 명 한 명을 바라보고는 우리 머리 위를 지나 창문까지 닿을 정도로 담배 연기를 길게 내뿜었다. 우리들은 긴장과 기대에 찬 눈으로 선생님을 빤히 쳐다보고만 있었다.

드디어 선생님이 조용하고 낮은 목소리로 얘기하기 시작했다.

"너희들은 지난 얼마간 유대인에 대해 많은 이야기를 들었을 것이다. 그렇지? 오늘 나도 너희들에게 유대인에 대해 꼭 이야기해야겠구나."

우리는 고개를 끄덕이며 선생님의 말씀을 좀더 잘 듣기 위해 몸을 앞으로 내밀었다. 어떤 아이들은 가방 위에 턱을 괴고 있었다. 교실 안은 쥐 죽은 듯 조용했다.

노이도르프 선생님은 담배 연기로 푸른 구름을 만들어 교실 천장으로 훅 불어 올렸다. 잠시 후 선생님이 다시 말을 하기 시작했다.

"이천 년 전에 유대인들은 오늘날 '팔레스티나'라고 불리는 나라에 살고 있었다. 유대인들이 이스라엘이라고 부르는 곳이 지. 로마인들은 관할지의 총독과 지방 장관을 통해 이스라엘을 지배했다. 그러나 유대인들은 이민족의 지배에 복종할 마음이 없었기 때문에 로마인들에게 저항했다. 로마인들은 유대인의 봉기를 진압하고 서기 칠십 년에 이스라엘의 성전을 무너뜨렸다. 그 후 로마는 봉기자들을 스페인과 라인강변으로 몰아 내었다. 한 세대가 지난 후 유대인들은 다시 항거를 했지만 이번에 로마는 예루살렘을 완전히 초토화시켰지. 그래서 유대인들은 스스로 도망을 치거나 쫓겨나 전 세계로 흩어지게 되었다.

이렇게 흩어진 많은 유대인들이 현지에서 부와 명예를 이룩했는데, 그러다가 십자군 전쟁이 일어나게 되었다. 이 때 이교도들이 성지를 정복하고, 기독교들이 그 곳으로 드나드는 통로를 봉쇄했다. 언변이 뛰어난 설교자들은 그리스도의 무덤을 해방시키자고 사람들을 부추겼다. 그 말에 신앙심이 타오르는 수천 명의 사람들이 십자군 전쟁에 참가하려고 모여들었단다. 그러나 개중에는 '우리 중에 아직도 불신자가 살고 있는데, 성지에 있는 불신자를 몰아 내기 위해 전투 장비를 갖추는 것이 무슨 소용이 있으리오!' 하고 말하는 사람들도 있었다.

이렇게 해서 유대인에 대한 박해가 시작된 것이지. 많은 곳에서 사람들이 유대인을 몰아 내고, 살해하고, 불태웠다. 그리고 강제로 세례를 받게 했고, 세례를 거부하는 유대인은 고문을 받아야 했지.[28] 몇 백 명이나 되는 유대인들은 고통을 피하기 위해 스스로 목숨을 끊기도 했고 도망갈 수 있었던 유대인들은 다 도망쳤단다.

박해가 끝나자, 돈이 바닥난 제후들은 유대인 신하들을 감옥에 가두고, 그들의 재산을 빼앗아 제 배를 불리려고 아무런 법정 판결도 없이 처형시켰단다. 그 때 또다시 수많은 유대인들이 도망을 갔지.

이번에는 동쪽으로 가서 폴란드와 러시아에서 새로운 거처를 발견했다. 그러나 십구 세기에는 그 곳에서도 유대인을 괴롭히고 박해하기 시작했다. 유대인들은 소위 유대인의 거리인 게토에서 살아야 했고 '진지한' 직업을 얻을 수가 없었다. 이를 테면 수공예자가 될 수 없었다는 말이다. 집과 땅을 소유하는 것 역시 금지되었단다. 상업과 금전 대부만이 그들이 활동할 수 있는 영역의 전부였지."

노이도르프 선생님은 그 사이에 불 꺼진 파이프를 펜이나 연필을 보관하기 위해 책상에 파 놓은 홈에다 넣었다. 그리고는 말없이 교탁에서 내려와 깊은 생각에 잠긴 채 교실 안을 이리저리 돌아다녔다. 선생님은 다시 이야기를 시작하기 전에 안경을 벗어 닦았다.

"기독교인들의 구약은 유대인의 성서이기도 하다. 유대인들은 이것을 토라라고 하는데, '가르침' 이라는 뜻이지. 토라에는 하느님이 모세에게 명하신 것이 씌어 있었는데 유대인들은 토라와 그 계명에 대해서 깊이 생각했다. 유대인은 토라의 법칙을 어떻게 이해해야 하는지에 대해 또 하나의 커다란 책 속에 기록해 두었는데, 그것이 바로 탈무드란다. '공부하기' 란 뜻이지.

신앙이 엄격한 유대인은 오늘날까지도 토라의 법칙을 지킨다. 그런데 그렇게 하기란 쉽지 않단다. 예를 들어 자바트에는 불을 피운다든가, 돼지와 같은 불순한 동물의 고기를 먹는 것이 금지되어 있지.

토라에는 유대인의 운명이 예언되어 있는데, 유대인이 신의 계명을 어겨 고향에서 쫓겨나고 도망가게 된다는 내용이다. 하지만 유대인들은 메시아가 자신들을 축복받은 나라로 다시 인도해 줄 것이며, 그 곳에서 유대인에 의해 메시아의 왕국이 세워질 것이라는 희망을 가지고 있다.

유대인들은 예수가 진정한 메시아라고 믿지 않았으며, 그저 수많은 사기꾼들과 다름없다고 생각했기 때문에 예수를 십자가에 못 박았다. 바로 그러한 행위를 수많은 기독교인들이 오늘날까지도 용서하지 못하는 것이지. 사람들은 유대인에 대한 온갖 바보 같은 소문들을 다 믿고 있다. 심지어 어떤 사람들은 유대인들을 다시 핍박하고 괴롭히기를 바라고 있다.

유대인을 좋아하지 않는 사람들은 많다. 그들에게 유대인은 낯설고 불길한 존재이다. 그들은 유대인에 대해 충분히 알지 못하기 때문에, 단지 그 이유만으로 유대인이 온갖 나쁜 점을 다 가지고 있다고 믿는 것이다."

우리는 모든 주의를 기울여 선생님의 이야기를 듣고 있었다. 너무 조용해서 노이도르프 선생님의 구두 굽이 바닥에 긁히는 소리까지 다 들릴 정도였다. 모두들 선생님을 바라보고 있었지만 프리드리히는 고개를 숙이고 책상에 놓인 제 손을 내려다보고 있었다.

"사람들은 유대인이 영악하고 간교하다고 욕한다. 그런데 어떻게 유대인이 그렇지 않을 수 있었겠니? 언제나 괴롭힘을 당하며 언제나 쫓겨날까 봐 두려워해야 하는 사람이. 그럼에도 불구하고 정직한 인간으로 살고자 한다면, 그 사람의 영혼은 아주 굳세어야만 할 것이다.

사람들은 유대인이 돈에 악착스럽고 사기꾼 같다고 주장한다. 그런데 어떻게 유대인들이 그렇지 않을 수 있었겠니? 그들은 언제나 도적질을 당하고 사유재산을 빼앗겼다. 게다가 도망을 갈 때면 모든 것을 남겨 두고 떠나야 했다. 유대인들은 그런

위급한 상황에서 자신들의 생명과 안전을 지킬 수 있는 유일한 수단이 돈밖에 없다는 것을 깨달았던 것이다.

하지만 아무리 투철한 유대인 혐오자일지라도 유대인들이 유능하다는 것, 그 한 가지 사실만은 인정할 수밖에 없다. 유능한 자들만이 이천 년의 박해를 이겨 낼 수 있기 때문이다. 유대인들은 자신들을 지배하는 사람들보다 더 많은 것을 이뤄 냄으로써 사회적으로 인정받았다. 과거에도 오늘날에도 위대한 학자와 예술가들의 대부분은 유대인이다.

너희들이 오늘날이나 혹은 미래에, 어떻게든 유대인을 경멸하는 사람들을 보게 되더라도, 한 가지만은 꼭 기억해라. 유대인들도 인간이라는 것, 우리와 똑같은 인간이라는 것을 말이다."

노이도르프 선생님은 우리들을 쳐다보지 않고 다시 파이프를 손에 쥐었다. 파이프 속의 재를 긁어 내고는 남아 있는 담배에 다시 불을 붙였다. 몇 번 파이프를 빨고 난 뒤 선생님이 물었다.

"이제 다들 궁금하겠지. 왜 내가 이런 이야기를 너희들에게 하는지 말이다."

선생님은 프리드리히의 옆에 서서 그의 어깨에 손을 올려놓았다.

"너희들 중 한 명이 우리 학교를 떠나게 된다. 프리드리히 슈나이더는 이제 더 이상 우리 학교에 다니지 않을 것이다. 프리드리히는 유대교 신앙을 가지고 있어서, 유대인 학교로 전학을 가야 한다. 프리드리히가 전학을 가는 것은 벌을 받는 것이 아니다. 그냥 변화가 생긴 것뿐이다. 나는 너희들이 이것을 이해하고 앞으로도 변함없이 프리드리히의 친구로 남아 주기를 바란다. 프리드리히가 내 반이 아니더라도 내 친구로 남는 것처럼 말이다. 아마 앞으로 프리드리히는 좋은 친구들이 필요할 것이다."

노이도르프 선생님은 프리드리히의 몸을 자기 쪽으로 돌려 프리드리히와 마주 보았다.

"프리드리히, 모든 일이 잘 되기를 빈다. 안녕!"

프리드리히는 고개를 숙였다. 그리고 낮은 목소리로 대답했다.

"안녕히 계세요."

노이도르프 선생님은 재빨리 교탁 앞으로 갔다. 그리고 오른손을 눈 높이까지 오도록 들고 쫙 펴며 인사했다.

"히틀러 만세!"

우리 모두는 자리에서 벌떡 일어나 선생님과 같은 방식으로 인사했다.

*세탁부

슈나이더 씨가 헤르셀 마이어 백화점의 팀장이 된 후로 펭크 부인이 슈나이더 씨 집에 오게 되었다. 그녀는 일 주일에 두 번 슈나이더 씨네 집안일을 도와 주었다.

아빠가 일자리를 구하고, 국가 사회주의당 소속이라는 이유로 바로 승진이 되자 펭크 부인은 우리 집 일도 돕게 되었다. 펭크 부인은 안심하고 다른 집에 추천할 수 있을 만큼 일을 잘했다. 아주 바지런하고 일처리가 깔끔했다.

펭크 부인은 가능한 한 많은 일자리를 받아들였다. 아이가 없어서 아이들이 있는 집에 가는 것을 가장 좋아했다. 부인의 남편이 공장에서 밤늦게 돌아오기 때문에 혼자 집에 있는 것이 지루하기도 했거니와 특히 쇼핑을 좋아해서 돈이 필요했던 것이다.

1935년 늦가을, 어느 수요일이었다. 나는 숙제를 하고, 펭크 부인은 창문을 닦고 있었다. 그 때 초인종이 울렸다. 엄마가 문 쪽으로 가는 소리가 들렸다. 슈나이더 부인이 펭크 부인을 찾아 온 것이었다.

펭크 부인도 이 소리를 들었다. 부인이 창문을 닦던 가죽 천을 옆으로 밀어 놓고 문으로 가려고 하는데 엄마가 슈나이더 부인과 프리드리히를 데리고 들어왔다.

슈나이더 부인은 펭크 부인에게 손을 내밀며 말했다.

"부인을 보러 왔어요. 금요일에는 너무 일찍 오시지 말라고 말씀 드리려고요. 프리드리히를 데리고 의사 선생님께 가야 하거든요. 괜찮겠어요, 펭크 부인?"

펭크 부인은 당황하는 표정으로 앞치마 주머니에서 손수건을 꺼내 손가락 사이에서 뱅뱅 돌렸다. 그러고는 시선을 손수건에 떨어뜨린 채 말없이 가만히 있었다. 잠시 후 펭크 부인은 다급한 목소리로 말했다.

"제가 나중에 올라가지요. 그렇지 않아도 드릴 말씀이 있어요, 슈나이더 부인."

펭크 부인은 잠깐 말을 멈추었다가 슈나이더 부인을 쳐다보며 말했다.

"저…… 슈나이더 부인, 이해해 주셨으면 해요. 저는 정말 기꺼이 일했어요. 프리드리히도 참 좋아했고요."

슈나이더 부인은 얼굴이 새빨개지더니 이내 고개를 숙였다.

그녀는 불안하게 외투 단추를 만지작거리며 숨을 가쁘게 몰아 쉬었다. 엄마는 의아해하며 펭크 부인과 슈나이더 부인을 번갈아 보았다.

펭크 부인은 프리드리히를 끌어당겨 그의 목에 팔을 둘렀다. 그리고 왼손으로 앞치마의 주름을 펴면서 프리드리히를 꼭 껴안았다. 프리드리히는 이해할 수 없다는 듯 자기 엄마와 펭크 부인을 쳐다보았다.

그 때 슈나이더 부인이 고개를 들고 눈물을 삼키면서 말했다.

"됐어요, 펭크 부인. 이해합니다. 당신한테 화내지 않아요. 그 동안 도와 주셔서 감사했어요. 모든 일이 잘 되시길 빌어요."

슈나이더 부인은 펭크 부인에게 얼른 손을 내밀었다. 그러고는 프리드리히를 재촉하며 서둘러 우리 집에서 나갔다.

"자, 가자. 프리드리히!"

집 안으로 들어온 엄마는 어깨를 으쓱했다.

"도무지 이해를 못 하겠네!"

펭크 부인은 같은 자리에 그대로 서서, 손수건을 쥐어짜고 있었다.

"펭크 부인! 슈나이더 부인과 다퉜어요?"

엄마가 물었다.

"대체 무슨 일이 있었던 거예요? 어떻게 저런 집 일을 그만 둘 수가 있어요?"

펭크 부인은 뒤돌아 가죽 천을 다시 집어 들었다. 부인은 창문틀을 닦으면서 말했다.

"제가 어쩔 도리가 있나요? 저라고 좋아서 그랬겠어요? 하지만 저도 이제 겨우 서른여덟 살이에요."

엄마는 펭크 부인이 무슨 수수께끼라도 낸 듯 의아한 표정을 지었다.

"부인이 이제 겨우 서른여덟 살이라는 것하고 이 일하고 대체 무슨 상관이에요?"

펭크 부인은 깜짝 놀라며 어깨 너머로 엄마를 살펴보았다. 엄마는 펭크 부인의 표정을 놓치지 않고 바라보았다.

그제서야 펭크 부인은 하던 일을 중단했다. 그러고는 아주 당당하게 물었다

"그럼, 부인은 나치가 만든 새 법률에 대해 아직 아무것도 모르세요?"

"네, 몰라요."

"유대인과 비유대인은 이제 결혼할 수 없어요."

펭크 부인이 설명했다.

"유대인과 비유대인 사이의 결혼은 모두 무효화되었어요. 그리고 마흔세 살 이하의 비유대인 여자는 유대인 가정에서 일하면 안 돼요."

"세상에나!"

엄마가 한숨을 내쉬었다.

"지난 주에 온 시내를 끌려 다니는 젊은 여자 하나를 봤어요. '나는 유대인 남자를 사랑하니 매질을 당해 마땅하다!' 라고 쓴 걸 여자 목에다 매달아 놓았더라고요."

엄마는 손으로 얼굴을 가렸다.

"끔찍하군요!"

"저라고 그렇게 온 시내를 끌려 다니거나 감옥까지 가고 싶겠어요?"

펭크 부인은 고개를 흔들었다.

엄마는 천천히 문 쪽으로 갔다. 하지만 방을 나가기 전 발길을 멈추었다.

"그런데 남편은 뭐라고 하세요?"

펭크 부인은 가죽 천을 접고는 나지막한 소리로 대답했다.

"저는 모른 척하고 넘어갈 수 있어요. 그런데 제 남편은 예전에 공산주의자였어요. 남편이 우리는 조심해야 한다고, 절대 잘못해서는 안 된다고 했어요."

*이유들

아빠가 국가 사회주의당 대회를 마치고 저녁 늦게 집으로 돌아왔다. 아빠는 피곤한 모습으로 시계를 쳐다보았다.

"지금은 아무것도 먹고 싶지 않아."

엄마는 놀라서 고개를 저으며, 냄비를 다시 가스레인지 위에서 내려놓았다.

아빠는 의자를 거실 문 옆 복도에 내다 놓고 희미한 불빛 아래서 신문을 읽었다. 엄마는 부엌에서 아빠를 바라보다가 한숨을 한 번 내쉬고는 하던 일을 다시 하러 갔다.

아빠는 아주 대충대충 건너뛰며 신문을 읽고 있었다. 그리고 집 밖에서 어떤 움직임이 있을 때마다 소리를 엿듣기 위해 현관문을 빠끔 열어 보았다.

나는 일찌감치 놀이를 포기하고 거실에서 아빠의 이상한 태도를 살펴보았다. 그러면서 대체 무슨 일일까 곰곰이 생각했다.

계단에서 슈나이더 씨의 발소리가 들리자, 아빠는 신문을 바닥에 내팽개치고 현관문을 열어젖히고 계단으로 나갔다.

슈나이더 씨는 천천히 계단을 올라오고 있었다. 프리드리히가 슈나이더 씨의 가방을 들고 함께 올라오고 있었다. 아빠가 그들 앞을 가로막고 서자 두 사람은 깜짝 놀라 아빠를 쳐다보았다.

아빠가 아주 나지막한 소리로 말했다.

"슈나이더 씨, 잠깐 우리 집으로 들어오실 수 있겠습니까?"

그러자 슈나이더 씨가 물었다.

"프리드리히가 같이 가도 되나요?"

아빠는 괜찮다며 두 사람을 거실로 데리고 왔다. 슈나이더 씨에게 창가 자리를 권하고, 프리드리히에게는 나한테 가 보라고 했다.

프리드리히와 나는 거실 구석에 있는 난롯가에서 조용히 도미노 놀이를 했다. 아빠는 일요일에 피우는 고급 담배 한 대를 슈나이더 씨에게 권하고, 자신은 일반 담배에 불을 붙였다. 두 사람은 한동안 말없이 담배만 피웠다.

"슈나이더 씨, 제 마음이 참 힘들군요."

아빠가 중얼거렸다. 그러고 나서 조금 더 큰 목소리로 말했다.

"제가 그냥 터놓고 이야기해도 괜찮겠습니까?"

아빠는 슈나이더 씨를 빤히 바라보았다. 슈나이더 씨의 얼굴이 순간 심각해졌다. 그는 잠깐 머뭇거렸지만 곧 대답했다.

"그렇게 하시죠!"

담배를 든 슈나이더 씨의 손이 가볍게 떨리는 바람에 담뱃재가 떨어져 마룻바닥에 흩날렸다.

아빠는 죄책감 때문에 눈길을 바닥에 떨어뜨렸다. 그리고 거의 속삭이듯이 말했다.

"제가 입당했습니다."

슈나이더 씨는 아빠와 마찬가지로 약간은 실망한 듯한 목소리로 작게 대답했다.

"알고 있습니다."

아빠가 깜짝 놀라 고개를 들었다.

"아드님 때문에 우연히 알게 되었어요."

슈나이더 씨가 덧붙였다. 그의 목소리가 서글프게 들렸다.

"저도 그런 생각을 하기도 했고요."

아빠는 책망이 가득한 눈빛으로 나를 건너다보았다. 그러고는 흥분해서 담뱃불을 붙이고, 작은 목소리로 말을 이어 나갔다.

"절 이해하셔야 합니다, 슈나이더 씨. 전 오랫동안 실직 상태였지요. 하지만 히틀러가 권력을 쥔 뒤로 다시 일자리를 가졌습니다. 그것도 제가 원했던 것보다 훨씬 좋은 일자리죠. 그래서 우리 집 사정이 좋아졌어요."

슈나이더 씨는 아빠를 달래면서 말을 막았다.

"저한테 사과하실 필요는 없어요. 정말이에요!"

아빠는 손을 내저으며 슈나이더 씨의 위로를 거부했다.

"올해 '기쁨을 통한 힘'의 도움으로 우리는 난생 처음으로 온 가족이 함께 휴가여행을 갈 수 있게 됐습니다. 그 동안에도 저한테는 좋은 지리가 또 세공됐습니다. 이게 다 제가 당원이기 때문이죠. 슈나이더 씨, 저는 제 가족과 저에게 이득을 준다고 생각했기 때문에 국가 사회주의 독일노동당의 당원이 되었습니다."

슈나이더 씨가 아빠의 말을 끊었다.

"당신을 아주 잘 이해합니다. 아주 잘 말입니다. 제가 유대인이 아니었다면 저도 당신처럼 행동했을 겁니다. 하지만, 저는 유대인이지요."

아빠는 새 담배를 집어 들었다.

"저는 당이 요구하고 행하는 모든 것에 다 동의하지는 않습니다. 하지만 슈나이더 씨, 어떤 당이든 어떤 지도부든 모두 어두운 그림자를 가지고 있지 않나요?"

슈나이더 씨는 고통스럽게 미소를 지었다.

"그런데 애석하게 제가 그 그림자 쪽에 서 있어요. 그래서 저희 집으로 좀 들어오시라고 했습니다, 슈나이더 씨. 그 문제에 대해 이야기를 좀 하려고요."

슈나이더 씨는 말이 없었다. 시선은 가만히 아빠의 얼굴에 머물러 있었다. 그 눈빛에는 어떤 두려움도 보이지 않았다. 더 이상 손도 떨지 않았고, 깊고 조용하게 숨을 쉬었다. 그리고 담배를 음미하면서 피우고 있었다.

프리드리히는 진작 도미노 놀이를 옆으로 밀어 냈다. 어른들의 대화에 귀를 기울이고 있었던 것이다. 녀석의 눈은 엄청나게 커 보였는데, 어느 한 곳에 고정되지 않고 허공을 보고 있는 듯했다. 프리드리히는 더 이상 내게 관심이 없었다. 나 역시 어른들의 대화를 엿듣고 있었다. 비록 그 모든 것을 다 이해하지는 못했지만, 그 진지함에 마음이 짠했다.

"슈나이더 씨, 오늘 오후에 당 집회에 참석했습니다. 그런 집회에서는 온갖 얘기들을 다 듣게 되지요. 지도부의 계획이나 의도에 대해서 많이 듣는다는 애깁니다. 그리고 제대로 들을 줄 안다면, 많은 생각도 할 수 있죠. 제가 한 가지 여쭙겠습니다, 슈나이더 씨. 왜 아직까지 여기 계십니까?"

슈나이더 씨는 놀라면서 빙긋 웃었다.

"당신 같은 유대인들 중 많은 사람들이 살기 힘들어 이미 독일을 떠났습니다. 그리고 이런 일은 여기서 그치지 않고 앞으로 더욱 많아질 겁니다. 슈나이더 씨, 가족을 생각하세요. 떠나십시오!"

슈나이더 씨는 아빠에게 손을 내밀었다.

"그렇게 솔직하게 말씀해 주셔서 감사합니다. 당신 마음은 잘 알겠습니다. 저도 여길 떠나는 것이 더 낫지 않을까 곰곰이 생각해 보았습니다. 그런데 그렇게 하지 못하는 이유가 두 가지 있습니다."

아빠가 흥분해서 슈나이더 씨의 말을 끊었다.

"어떻게 생각하시더라도 내일보다는 오늘 떠나는 것이 모든 점에서 좋습니다. 슈나이더 씨, 사태를 잘 보셔야 합니다."

아빠는 벌써 세 번째 담배에 불을 붙였다. 평소에 아빠는 아무리 많이 피워도 다섯 대를 넘기지 않았다.

"그 이유 먼저 들어 보세요."

슈나이더 씨가 이유를 설명하기 시작했다.

"저는 독일인입니다. 제 아내와 아들도 독일인이고, 저희 친척들도 모두 독일인입니다. 우리가 외국에 가서 뭘 해야 합니까? 외국인들은 또 우리를 어떻게 받아들이겠습니까? 정말로 여기가 아닌 다른 곳에서는 우리 유대인들을 더 좋아한다고 생각하십니까? 장기적으로 봤을 때, 이런 일은 차츰 안정되어 갈 겁니다. 올림픽의 해가 시작되고 나서 우리를 거의 가만히 내버려 두고 있습니다. 그런 것 같지 않습니까?"

아빠가 담배를 비벼 끄고는 새 담배를 다시 꺼냈다. 그리고 슈나이더 씨의 말을 들으며 계속 머리를 흔들었다.

"슈나이더 씨, 평화를 믿지 마세요."

"이천 년 전부터 우리에 대한 편견이 있었어요. 이런 편견들이 비교적 평화롭게 산 오백 년 동안 갑자기 사라진다고 생각해서는 안 되죠. 우리 유대인들은 이런 상황을 그대로 받아들여야 합니다. 중세 시대에 우리는 이런 편견들 때문에 생명의 위협을 받았어요. 그래도 그 동안 사람들은 좀더 이성적이 되었죠."

아빠는 눈썹을 찡그렸다.

"슈나이더 씨, 당신은 마치 소수의 광분한 유대인 증오자들만 무서울 뿐이라고 말하는 듯하군요. 하지만 당신들의 적은 하나의 국가예요."

아빠는 손가락 사이에서 담배를 빙그르르 돌리며 피워 댔다.

"그게 우리로서는 행운이지요."

슈나이더 씨가 말했다.

"사람들은 우리의 자유를 제한할 것이고, 아마 우리를 정당하지 않은 방법으로 다룰 거예요. 하지만 적어도 미쳐 날뛰는 민중이 우리를 죽일까 봐 두려워할 필요는 없지 않은가요?"

아빠는 어깨를 움찔거렸다.

"부자유와 부당함을 그냥 그대로 받아들일 건가요?"

슈나이더 씨는 몸을 앞으로 굽혔다. 그러고는 조용하지만 확고하게 말했다.

"신은 우리 유대인에게 과제를 주셨어요. 우리는 그 과제를 풀어야 합니다. 우리는 고향을 떠난 이후로 늘 박해 받았어요. 전 최근 그런 것에 대해 많이 생각했어요. 만약 우리가 더 이상 도망치지 않는다면, 인내하는 것을 배운다면, 우리가 처한 곳에서 견뎌 낸다면, 정처 없는 떠돌이 생활에 종지부를 찍는 데 성공하지 않을까요?"

아빠는 담배를 꾹 눌러서 껐다.

"슈나이더 씨, 당신의 믿음에 경탄합니다. 하지만 전 그 생각에 동의하진 못하겠어요. 제가 할 수 있는 일은 당신에게 떠나라고 말하는 것밖에는 없군요."

슈나이더 씨가 자리에서 일어났다.

"당신이 생각하는 일은 이십 세기에서는 있을 수가 없어요. 하지만 우리 가족에 대한 걱정과 당신의 솔직함에 대해 감사합니다."

슈나이더 씨는 다시 한 번 아빠와 악수했다. 그러고는 프리드리히에게 집으로 가자고 눈짓했다. 두 부자는 함께 복도로 나갔다. 아빠가 슈나이더 씨를 문까지 배웅했다.

"그래도 당신 말이 옳다면, 한 가지 부탁해도 될까요?"

아빠가 말없이 동의했다.

"제게 무슨 일이 일어난다면, 제 아내와 아들을 받아 주십시오."

슈나이더 씨는 아주 나지막한 목소리로 힘들게 말했다. 아빠는 슈나이더 씨의 손을 꼭 잡았다.

* 수영장에서

날이 더웠다. 꼭 나가야 할 일이 아니면, 아무도 거리로 나다니지 않았다. 몇몇의 사람들만 땀을 흘리며 그늘과 그늘 사이로 햇빛을 피해 다녔다.

나와 프리드리히는 숲 속의 수영장에 가기로 했다. 우리는 숲이 시작되는 곳에서 만나기로 했다. 엄마는 내게 자전거를 빌려 주었다. 엄마의 자전거는 멋지지는 않지만 아주 잘 달렸다. 프리드리히는 새로 산 파란색 자전거를 타고 왔다. 윤이 나게 잘 닦아서 자전거에 우리 얼굴이 비칠 정도였다.

우리는 숲 속 수영장으로 가면서 '숲을 찾는 즐거움'과 '물러는 방랑을 좋아해'를 불렀다. 프리드리히는 손잡이를 놓고 자전거를 탔다.

그 때 갑자기 은빛 자전거를 탄 남자가 우리 쪽으로 달려왔다. 남자의 자전거는 햇빛을 받아 눈이 부셨다. 프리드리히의 자전거와는 비교할 수 없을 정도로 멋졌다. 날씨가 그렇게 무더운데도 그 남자는 매우 바빠 보였다. 프리드리히가 길 양쪽을 왔다갔다하며 달리고 있었기 때문에, 남자는 멀리서부터 벨을 울려 댔다. 프리드리히는 다시 손잡이를 잡긴 했지만, 자전거를 타고 이쪽으로 오는 사람에 대해서는 전혀 신경을 쓰지 않았다. 결국 상대방이 브레이크를 잡아야 했다. 그 남자는 꽤 큰 소리로 투덜거렸다. 마지막 순간이 되어서야 프리드리히는 길을 비켜 주었다. 남자는 욕을 하며 다시 페달을 밟았다. 프리드리히는 그 남자의 등 뒤에 대고 손가락으로 휘파람을 불었다. 하지만 그 남자는 뒤돌아보지도 않고 페달을 더 세게 밟으면서 숲길을 달렸다.

15분 뒤 수영장에 도착해서 자전거를 나무에 매어 두었다. 우리는 수영복으로 갈아 입고 나서 개인 사물을 맡긴 표시로 번호판이 달린 팔찌를 받았다. 프리드리히는 발목에다 번호판 팔찌를 끼우고는 물 속으로 뛰어들었다. 프리드리히는 나보다 훨씬 수영을 잘했고 또 잠수도 아주 잘했다.

오후 늦게까지 우리는 물 속에서 이리저리 풍덩거리면서 놀았고, 풀장 밖에서 일광욕도 했다. 수영장 복도에 걸려 있는 큰 시계를 보니 규정된 시간이 훨씬 지나 있었다. 맡겨 놓은 옷을 찾으려고 했을 때, 프리드리히는 번호판 팔찌가 없어진 것을 알았다. 녀석은 다시 수영장으로 돌아가 잠수해서 바닥을 찾아

보았지만 끝내 찾을 수 없었다. 프리드리히는 어쩔 수 없다는 듯이 어깨를 으쓱거리며, 물건을 찾으려고 기다리는 사람들 뒤에 줄을 섰다.

옷을 찾는 일은 아주 오래 걸렸다. 수영장 관리인이 할 일이 많았기 때문이다. 내가 프리드리히보다 먼저 신발과 바지, 나머지 소지품이 걸린 옷걸이를 받았다. 재빨리 옷을 갈아 입고 빗질까지 마치고 샤워장 밖으로 나왔는데도 프리드리히는 계속 줄을 서 있었다. 나는 수영복을 짜서 수건에 말아 넣었다.

드디어 수영장 관리인이 프리드리히에게 고개를 돌렸다. 관리인은 번호판 팔찌를 잃어버렸다는 말을 듣고는 야단을 쳤다. 그런 뒤 프리드리히를 출입통제구역 입구 쪽으로 들어오게 했다. 프리드리히는 투덜거리는 수영장 관리인 앞에서 젖은 몸을 오들오들 떨었다. 그리고 여러 사람들의 물건들 속에서 자기 물건을 찾아야 했다. 프리드리히가 '저기 있어요!' 하고 소리치지 않았더라면, 관리인은 다른 사람들의 옷을 다 찾아 줄 때까지 기다리게 했을 것이다. 관리인이 프리드리히가 말한 옷걸이를 집어 들고는 출입통제구역 입구로 왔다. 거기에 옷걸이를 걸어 두고 프리드리히를 그 앞에 세웠다.

"이름이 뭐냐?"

수영장 관리인이 물었다.

"프리드리히 슈나이더입니다."

"네 신분증은 어디 있지?"

"바지 오른쪽 뒷주머니에요. 단추가 헐렁헐렁해요."

관리인이 바지 주머니를 뒤져서 신분증이 들어 있는 조그만 지갑을 꺼냈다. 그가 신분증을 들고 프리드리히를 쳐다보았다. 여전히 오들오들 떨며 서 있던 프리드리히는 창피해서 바닥을 내려다보았다.

갑자기 수영장 관리인이 휘파람을 크게 불었다. 그 소리에 다른 쪽에서 여자들의 옷을 찾아 주고 있던 여자 관리인이 달려왔다.

수영장 관리인이 말했다.

"이것 좀 봐. 이런 건 더 이상 못 보게 될 거야."

수영장 관리인은 모두에게 다 들릴 정도로 큰 소리로 말했다.

"이게 유대인 신분증의 하나야. 이 녀석이 나한테 거짓말했어. 자기 이름이 프리드리히 슈나이더라고 하더군. 프리드리히 이스라엘 슈나이더가 맞는데 말이야. 이 녀석은 유대인이야. 허! 우리 수영장에 유대인이 다 오다니."

수영장 관리인은 구역질 나 죽겠다는 표정이었다. 옷을 찾으려고 기다리던 사람들이 모두 프리드리히를 쳐다보았다. 수영장 관리인은 불쾌해하면서 프리드리히의 신분증을 출입통제 구역 입구 밖으로 내던졌다.

"유대인 물건 따위가 점잖은 사람들 옷 사이에 걸려 있었다니!"

그가 프리드리히의 옷이 걸린 옷걸이를 바닥에 내동댕이치는 바람에 물건들이 이리저리 흩어졌다.

프리드리히가 자기 옷을 바닥에서 하나씩 줍는 동안 관리인은 계속 소리쳤다.

"이런! 다른 손님들 일 봐 주기 전에 내 손부터 씻어야겠네."

관리인은 출입통제구역 입구를 떠났다. 그리고 발을 씻는 물통 속으로 프리드리히의 신발 한 짝을 던졌다.

프리드리히가 자기 물건을 모두 챙기기도 전에, 관리인이 다시 돌아왔다.

"네가 옷 입을 만한 곳이 어딘지 딴 데서 찾아봐! 우리 수영장 탈의실에 들어올 생각은 하지도 말라구!"

관리인은 프리드리히에게 고래고래 소리쳤다.

프리드리히는 어쩔 수 없이 수건으로 대강 몸을 닦고 젖은 수영복 위에다 바지를 입었다. 몸을 닦고 옷을 갈아 입을 만한 곳을 찾아봤지만, 마땅한 곳이 없었다. 프리드리히는 바짓가랑이에서 물이 떨어지는 채로 수영장을 나왔다. 수영장 관리인은 프리드리히의 뒤에 대고 계속 뭐라고 소리쳤는데, 무슨 소리인지는 알아들을 수가 없었다.

나는 자전거 자물쇠를 벌써 풀어 놓았다. 프리드리히는 자기 물건을 짐 싣는 바구니에 쑤셔 넣었다. 녀석은 내 눈을 똑바로 쳐다보지 못하고 조그맣게 말했다.

"숲 속에서 제대로 갈아 입어야지."

그 때 우리 등 뒤가 갑자기 시끌벅적해졌다.

"여기 세워 놨었는데······."

키 큰 소년이 말했다.

"내가 분명히 알아요. 이 자리에 매어 놓았어요. 여기 다 찾아봤는데도 없어요. 완전히 은색이에요. 막 깨끗이 닦았는데."

호기심에 찬 사람들이 하나둘씩 모여들어 소년을 둘러쌌다. 사람들은 저마다 한 마디씩 조언을 해 주었다.

"흔적을 찾아야 해!"

"바로 경찰에 알려라!"

프리드리히는 사람들 목소리에 귀를 기울이더니, 자전거를 세워 놓고 사람들 쪽으로 다가갔다.

"얘, 내 말 들어. 누가 네 자전거를 훔쳤는지 알아. 내가 그 사람을 봤어. 어떻게 생겼는지 자세히 말해 줄 수 있어."

그 순간 모두들 프리드리히를 쳐다보았다. 프리드리히와 자전거를 도둑맞은 소년 사이에 마치 골목길처럼 길이 생겼다. 소년은 프리드리히에게 한 발자국 다가섰다.

"말해 봐, 넌 좀 전에 수영장에서 봤던 그 유대인이지?"

프리드리히는 다시 얼굴이 빨개지면서 눈을 내리깔았다. 소

116

년은 계속해서 말했다.

"넌 말이야, 경찰이 네 말을 믿어 줄 거라고 생각하니, 응? 너 그렇게 생각해?"

* 잔치

나는 프리드리히와 함께 그 곳에 갔다. '너 슈나이더 씨 아들과 같이 있는 모습을 사람들한테 자주 보이지 말아라. 아빠 입장이 곤란하단다.' 라는 말을 들은 지 겨우 일 주일이 지났을 때였다.

슈나이더 씨, 프리드리히, 나 이렇게 세 명은 유대 성당의 큰 홀에 서 있었다.[29] 프리드리히와 슈나이더 씨는 가지고 있는 옷 중에서 가장 멋진 옷을 입고 있었고, 나는 늘 입던 평범한 옷차림이었다.

우리 앞쪽 의자가 점점 사람들로 채워졌다. 모자를 쓴 남자들이 우리에게 악수를 청하며 '자베스'[30]를 축하했다. 그리고 모두들 유독 프리드리히에게 친절한 말을 하거나 어깨를 두드려 주었다.

사람들은 모두 자기가 앉은 의자 뚜껑을 들어올렸다. 그 뚜껑 밑에는 조그만 서랍이 있었다. 프리드리히는 자기 서랍에서 하얀 수건과 기도서, 기도할 때 쓰는 작은 모자를 꺼냈다. 그리고 쓰고 있던 모자를 접어 서랍에 넣었다. 프리드리히는 기다란 술이 달린 수건에 입을 맞추고 나서 어깨에 둘렀다. 녀석이 내 귀에 대고 속삭였다.

"내 탈리트야. 기도할 때 입는 외투야."

발까지 닿는 길고 검은 외투를 입고 재단한 모자를 쓴 한 남자가 홀 한가운데서 지하로 난 계단을 내려갔다. 그는 양탄자가 깔린 강대상에 다가가서 두꺼운 책을 뒤에서부터 넘기며 곧 노래하는 억양으로 기도하기 시작했다.

"우리 랍비[31]야!"

프리드리히가 조용히 알려 주었다. 그리고 그 역시 자기 기도서를 펼치고는 히브리어로 기도를 올렸다. 가끔씩 그는 고함으로 랍비의 노래를 끊기도 하고, 때로는 랍비의 기도와는 전혀 다른 기도를 하기도 했다. 나는 깜짝 놀랐다. 프리드리히가 어떻게 저렇게 히브리어를 잘 할 수 있을까? 그는 한 번도 나한테 그런 이야기를 한 적이 없었다. 내 눈에는 프리드리히가 우리 주변을 빙 둘러싸고 있는 수많은 성인들 중 한 사람처럼 보였다. 가끔씩 프리드리히는 기도서에서 눈을 떼고 나를 쳐다보며 고개를 끄덕여 주었다.

랍비는 동쪽을 향하여 기도를 올렸다. 빨간 커튼이 쳐진 동쪽 벽 앞에서 끊임없이 작은 몸짓으로 절을 하고 있는 모습이 마치 앞뒤로 살랑대는 듯 보였다.[32] 커튼에는 히브리 문자가 금색으로 수놓아져 있었다.[33] 그 외에는 홀 전체를 통틀어 그림도, 장식도 아무것도 없었다.[34] 수많은 가닥의 커다란 촛대만 있을 뿐이었다. 홀 측면의 여자들은 홀 안쪽에서 이루어지고 있는 예배를 바라보고 있었다.[35]

내가 유대교 사원의 내부를 돌아보는 동안 함께 기도하던 사람들의 목소리와 랍비의 목소리가 합쳐지기 시작했다. 노랫소리는 점점 커지면서 통일되었다. 랍비가 일정한 발걸음으로 커튼 쪽으로 걸어갔다. 사원에서 일하는 사람이 빨간 커튼을 옆으로 당기자 조그만 문이 하나 나타났다. 랍비가 그 문을 열고 안에서 궤를 꺼내 열어 보였다.

그 때 프리드리히가 내게 설명해 주었다.

"토라야!"

토라는 은으로 만들어진 왕관과 방패 무늬의 장식물로 싸여 있었다. 랍비가 궤에서 토라를 꺼내 들었다. 그는 장중한 군중 속에서 무거운 토라 두루마리를 끌고 홀 전체를 돌아다녔다. 랍비가 지나갈 때면 신자들은 자기가 앉아 있던 자리에서 일어났다. 그리고 각자의 탈리트를 토라에 갖다 댄 뒤 입을 맞췄다.[36]

"이제 놀라운 일이 일어날 거야!"

프리드리히가 말했다. 그는 매우 흥분한 것 같았다. 슈나이더 씨가 프리드리히를 안심시키며 안아 주었다. 그는 프리드리히의 어깨를 토닥이고 머리를 쓰다듬었다.

강대상에 놓여 있는 토라의 장식물을 벗기자 손으로 쓴 묵직한 양피지 두루마리가 나타났다. 랍비가 사람들 가운데서 일곱 명의 남자를 차례로 불러들였다. 프리드리히가 맨 마지막으로 불리었다. 슈나이더 씨는 프리드리히의 어깨에 두 손을 얹었다. 그는 대견스럽게 프리드리히의 눈을 쳐다본 뒤 랍비에게로 보냈다.

랍비는 프리드리히에게 다른 남자들에게 했던 것보다 훨씬 더 정중하게 인사했다.

"프리드리히가 태어나 처음으로 토라 읽기에 호명되었어."

슈나이더 씨가 자랑스럽게 말했다.

"나중에 프리드리히가 예언자 대목까지 읽을 수도 있지."

다른 남자들이 했듯이 프리드리히도 랍비가 가리키는 토라의 대목을 자신의 탈리트로 건드리고는 탈리트에 입을 맞추었다. 그 다음 프리드리히는 도입부를 노래했다. 그러나 다른 사람들과는 달리 은색 막대를 건네 받고는 오른쪽에서 왼쪽으로 행을 따라 막대를 옮겨 가면서 자신의 토라 대목을 혼자서 노래했다. 그렇게 빠르고 확실하게 노래를 하고 나서 다시 탈리트로 마지막 지점을 건드리고 탈리트에 입을 맞추었다.

토라 두루마리가 원래의 장식물로 봉해지는 동안, 프리드리히는 어떤 두꺼운 책의 예언자 대목을 불렀다. 그러고는 다시 자리로 돌아와 앉았다. 처음 시작할 때처럼 랍비는 토라 두루마리를 건네 받아 그것을 들고 홀 전체를 돌았다. 그러자 신자들이 다시 그 쪽으로 몰려들었다. 랍비는 두루마리를 궤 속에 넣고는 높이 들어올려 그 앞에서 기도를 한 뒤 작은 문을 잠갔다.

랍비는 사람들 앞에 나와서 짤막한 설교를 했다. 내가 사원 안에 들어온 뒤로 처음 듣는 독일어였다. 그 설교는 프리드리히에게만 해당되는 것이었다. 설교 때문에 프리드리히는 앉아 있는 모든 사람들 중에서 유난히 두드러져 보였다. 남자들이 하나둘씩 프리드리히를 쳐다보았다. 그들은 웃으며 프리드리히에게 행운을 빌어 주었다.

"너의 열세 번째 생일 일 주일 뒤인 바로 오늘, 생애 처음으로 회중 앞에서 토라의 대목을 읽으라는 부름을 받았다. 어느 유대인이든 성서를 알릴 수 있다는 것은 아주 특별하고 명예로운 일이다. 그런 일이 처음으로 이루어진 날은 특별한 날이다. 이렇게 해서 네 삶의 새로운 단계가 시작되는 것이다. 앞으로는 네가 한 일에 대해 신 앞에서 오로지 혼자 책임을 져야 한다. 오늘까지는 네 아빠가 그 책임을 졌다. 하지만 오늘부터 너는 회중의 동등한 구성원으로서 우리 가운데 있는 것이다. 이 사실을 명심해라! 주의 계명을 따르라! 네가 계명을 어기면 어느 누구도 그 죄를 네게서 덜어 줄 수 없다.

어려운 시기에 너는 막대한 임무를 지게 될 것이다. 언젠가 메시아에게 인도되어 고향으로 돌아가 메시아의 왕국을 세우는 일을 돕기 위해 우리는 신에게 선택된 것이다. 하지만 신은 우리에게 그 날까지 박해 받고 고통 받아야 하는 힘든 운명을 주셨다. 우리는 항상 신이 운명을 정해 주셨음을 기억하고 또 기억해야만 한다. 우리가 그 운명 때문에 멸망할 수밖에 없다고 생각되더라도 결코 신의 뜻을 피해서도 안 되고, 또 피할 수도 없다. 명심해라! 토라는 요구한다……."

이렇게 말하고 나서 랍비는 히브리어의 문장으로 설교를 끝맺었다.

함께 노래를 부르는 것으로 예배는 곧 끝이 났다.

나는 성전 앞에서 프리드리히와 슈나이더 씨를 기다렸다. 물어 보고 싶은 게 너무 많았다. 그러나 통 기회가 생기지 않았다. 성전에서 나온 남자들이 모두 프리드리히를 축복했다. 프리드리히의 얼굴에는 자랑스러움이 역력했다.

여자들까지도 성전을 떠나고 난 뒤에야 우리는 프리드리히의 친지들 무리에 휩쓸려 집으로 갈 수 있었다.

슈나이더 부인은 벌써 집에 도착해 있었다. 현관에서 우리를 맞아들여 모두 거실로 안내했다. 부인은 거실에 성대한 자바트 상을 차려 놓았다. 없는 것이 없었다.

식사를 하기 전에 프리드리히가 한 마디 했다. 그는 마치 어른 연사처럼 연설했다.

"사랑하는 아버지, 사랑하는 어머니, 사랑하는 친지분들! 주께서는 아버지와 어머니를 존경함으로써, 주께서 우리에게 선사하신 그의 나라에서 오랫동안 살라고 명하셨습니다. 제가 지금까지 그 계명을 충분히 따르지 않았다면 주님께 용서를 비옵나이다. 사랑하는 부모님, 십삼 년 동안 좋은 일, 나쁜 일 다 겪으면서 저를 키워 주시고 주님의 계명 속에서 이끌어 주셨습니다. 부모님과 부모님을 도와 주신 모든 분들께 제가 회중에 받아들여지게 됨을 감사드립니다. 제가 이 명예와 임무에 합당하다는 것을 생각과 행동을 통하여 보여 드리겠습니다. 부모님 그리고 친지분들, 주님이 여러분께 백이십 년의 건강하고 기쁜 삶[37]을 선사하셔서 제가 여러분들께 받은 감사의 마음을 전할 수 있는 시간이 있기를 간구합니다……."

프리드리히의 말이 끝나자 모두들 박수를 쳤다. 슈나이더 부인은 눈물을 흘렸다. 그리고 슈나이더 씨는 고개를 숙이고 바닥을 내려다보고 있었다. 그는 양복 윗도리 주머니를 허둥거리며 뒤적거렸다. 그러고는 프리드리히에게 손목시계를 건네주었다. 다른 손님들도 선물을 내놓았.

나는 조그맣게 물었다.

"너 히브리어와 연설, 그런 걸 어떻게 다 할 줄 아니?"

프리드리히는 자랑스럽게 미소를 지었다.

"배웠지. 내가 읽은 토라 대목하고 연설을 거의 삼 개월 동안이나 연습했어."

프리드리히는 내가 놀라는 것을 즐기고 있었다.

"프리드리히를 히브리어로 뭐라고 하는지 말해 줄까?"

나는 고개를 끄덕였다.

"살로몬이야!"

프리드리히는 웃으면서 비밀을 말했다.

우리가 식사를 하고 있는 동안 초인종이 울렸다. 슈나이더 부인은 깜짝 놀라며 물었다.

"누가 또 올 사람이 있나?"

부인이 문을 열자 노이도르프 선생님이 들어왔다. 선생님은 프리드리히에게 축하 인사를 건넸다. 그리고 만년필을 선물로 주었다. 만년필 뚜껑에는 금색으로 프리드리히의 이름이 새겨져 있었다.

[*] 만남

우리 체육 선생님의 이름은 슈스터다. 선생님은 나치스 돌격대 지도자이기도 했고, 전쟁이 일어난 1914년부터 1918년까지 대위를 지냈다. 선생님을 아는 사람들은 모두 그의 엄격함을 무서워했다. 체육 시간에 복종을 하지 않거나 옷을 너무 늦게 갈아 입는 사람은 쓰러질 때까지 무릎을 꿇고 있어야 하는 벌을 받았다. 우리들은 멀리서 선생님을 보기만 해도 멀찌감치 비껴 갔다.

슈스터 선생님이 우리에게 시키던 체육 훈련은 주로 행군, 구보, 완전무장 행군 등 행군의 모든 것이었다. 두 시간짜리 체육 시간이 있던 어느 날, 슈스터 선생님은 수업이 시작되기도 전에 교실로 들어왔다.

"오늘은 쉬는 시간이 없다!"

슈스터 선생이 통고했다.

"오늘 신선한 공기를 충분히 마시게 될 것이다. 우리는 오늘 강행군을 한다."

우리들은 모두 얼굴이 어두워졌다. 그러나 어느 누구도 감히 대꾸하지 못했다. 지난 번 체조 시간에 도약을 하다가 발목을 접질렸던 카를 마이젠조차도 아무 말 못 했다. 슈스터 선생님이 명령했다.

"보조가방과 책가방을 다 비워라! 책과 공책은 교탁 밑으로!"

우리는 순순히 가방을 비우고 슈스터 선생님이 명령한 대로 물건들을 교탁 밑에 쑤셔 넣었다.

"운동장에 나가 일렬종대를 편성하라. 대열 양단은 밤나무와 삼 보 간격을 두어라. 메는 가방과 드는 가방을 모두 지참할 것! 행군하라, 행군!"

슈스터 선생님이 외치는 소리가 교실을 울렸다.

우리는 가방을 가지고 늦지 않기 위해 미친 듯이 계단을 뛰어내려갔다. 슈스터 선생님은 벌써 밖에서 기다리고 있었다. 우리는 자기 자리를 찾아 줄을 맞춰 섰다.

"내가 정렬이라고 말했다!"

슈스터 선생님이 소리쳤다.

"그 말은 '가만히 서 있는다.'라는 뜻이다!"

슈스터 선생님이 숨을 깊이 들이쉬었다.

"모두 벽 쪽으로 행군, 행군!"

우리는 벽을 향해 행군했다. 그러나 벽에 다다르기도 전에 '정지!' 구령이 떨어졌다. 우리는 다시 정렬하고 벽으로 뛰어갔다가 또다시 정렬해야만 했다. 그 다음 우리는 실내 체육관의 입구에 줄을 맞춰 섰다. 실내 체육관에는 어떤 건축회사가 그대로 버려 둔 벽돌들이 쌓여 있었다. 슈스터 선생님은 그 벽돌들을 우리 가방에 차례로 담았다.

"제 가방은 다른 애들 가방보다 더 큽니다. 다른 애들은 벽돌을 두 개씩만 넣었어요."

슈스터 선생님이 벽돌 세 개를 가방에 넣자 프란츠가 투덜거렸다. 하지만 슈스터 선생님은 프란츠 가방에 벽돌을 하나 더 넣었다. 평소에는 드는 가방을 가진 아이들이 메는 가방을 갖고 다니는 아이들을 깔보았지만, 이 날만큼은 벽돌이 든 가방을 멜 수 있는 아이들을 모두 부러워했다.

우리는 행군 종대로 줄을 맞춘 다음 행군하기 시작했다. 부모님들이 우리를 쳐다볼 수도 있는 학교 구역 내에서 슈스터 선생님은 노래를 부르게 했다. 무슨 노래를 부를지는 선생님이 정했다.

"자, '동부에서 너는 본다' 제2절!"[38]

대열의 가장 끝자리에서 '하나, 둘!' 하고 소리치자, 맨 첫 번째 대오는 '셋, 넷!' 하고 고함을 쳤다.

세월이 흘러갔네,

민중은 종살이를 하고 사기를 당했네.

배신자와 유대인이 이겨서

희생을 요구하네, 그건 군대라네.

우리 민중 속에서 태어나 우뚝 선 영도자,

우리에게 독일에 대한 믿음과 희망을 다시 주었네.

민중이여, 무기를 들어라! 민중이여, 무기를 들어라!

우리는 무거운 벽돌을 지고 노래하며 젖 먹던 힘을 다해 행군했다. 학교 구역을 벗어나자마자 우리의 행군은 더욱 빨라졌다. 우리는 도시의 반을 돌았다.

한 시간 반 뒤, 헉헉거리며 다시 학교 구역으로 돌아왔다. 프란츠의 가방 끈은 다 해지고 말았다. 메는 가방에 무거운 벽돌을 넣고 행군을 한 탓이었다. 그의 윗옷은 땀으로 흠뻑 젖어 있었다.

발을 접질렸던 카를 마이젠은 중간에서 울며 포기했다. 나머지 아이들은 더 이상 똑바로 걷지도 못했다. 슈스터 선생님만이 꼿꼿하게 우리 옆을 걷고 있었다. 선생님은 우리가 휘청거리는 것을 보면서 비웃기라도 하듯 소리 없이 웃었다.

그 때 우리는 다른 학급과 마주쳤다.

처음엔 그들이 누구인지 알아 볼 수 없었다. 그 속에 프리드리히가 있는 것을 보고 나서야 유대인 학교의 학급인 것을 알았다. 슈스터 선생님도 프리드리히를 알아보았다.

"얘들아!"

슈스터 선생이 힘차게 말했다.

"이제 저들에게 우리 독일 소년이 누구인지, 그리고 우리가 뭘 할 수 있는지를 한번 보여 주자. 너희들은 저 저급한 유대인들에게 허점을 보이지 않겠지. 나는 너희들이 자세를 똑바로 취할 것이라 믿는다! 알겠나?"

슈스터 선생님은 대열을 따라가며 피곤에 지친 학생들을 쿡쿡 찔러 자세를 바로잡아 주었다. 우리는 마지막 힘을 다해 몸을 일으켜 세웠다. 슈스터 선생님이 노래를 하라고 명령했다. 우리는 돌을 멘 채 눈도 깜빡하지 않고 유대인 학생들 옆을 지나쳐 가며 목청을 돋우었다.

구부정한 유대인이 행진한다.

이리저리 홍해를 건너다

파도가 덮쳐 오니

세상이 잠잠하네.

*박해

한 시쯤 학교에서 돌아왔다.

닥터 아스케나제의 집 문 앞에 구부러진 명패가 아무렇게나 놓여 있었다. 치료실의 창틀은 지하실 입구의 블라인드 장식문에 걸쳐져 있었다. 누군가 의료 기구들을 몽땅 거리에 내던져 버린 것 같았다. 깨진 약병에서 나는 고약한 냄새가 인근에 퍼졌고, 짓밟힌 라디오가 하수구에 처박혀 있었다.

저 멀리 뾰족 수염을 기른 키 작은 유대인 아브라함 로젠탈의 가게에서 튄 유리 파편이 도로 한가운데까지 흩어져 있는 것이 보였다. 판매대와 부서진 선반들이 마치 쓰레기 더미처럼 수북이 보도에 쌓여 있었다. 더러운 종이 뭉치들은 바람에 날려 건물 벽 쪽으로 나뒹굴었다.[39]

몇몇 어른들이 발로 물건들을 뒤적였다. 그리고 가끔씩 허리를 숙여 뭔가를 줍더니 재빨리 주머니 속으로 집어 넣었다.

나는 좁은 지하 가게 안을 들여다보았다. 벽지가 누더기같이 너덜거렸다. 바닥에는 찢어진 색종이, 망가진 공책, 풀려 버린 색테이프, 뜯겨진 수학책, 구겨진 포스터, 더럽혀진 공작용 스케치북, 오색 설탕막대와 검둥이과자가 이리저리 흩어진 채 무릎까지 올 정도로 가득했다.

나는 그 다음 길모퉁이에서 남자 다섯 명과 여자 세 명의 무리와 마주쳤다. 그들은 양철로 무장을 하고, 야구 모자와 머릿수건을 쓰고 있었다. 그리고 말없이 유대인 견습공 기숙사 쪽으로 향했다. 호기심에 찬 수많은 사람들이 그들을 뒤따르고 있었다. 안경을 낀 키 작은 남자가 말했다.

"저 사람들이 녀석들한테 한번 본때를 보여 줘야 해. 당해도 싸지, 싸. 제발 한 놈도 빼놓지 말라구!"

어느새 나도 그 무리에 합류했다. 키 작은 남자가 말했다.

"얘야, 오늘 넌 대단한 걸 보게 될 거다. 네 손자한테도 들려 줄 만할 얘깃거리야."

무리는 유대인 견습공 기숙사 앞에서 멈춰 섰다. 처음에는 모두 어슬렁거리는 듯 보였다. 그런데 그들 중 누군가 중얼거리기 시작했고, '이러자, 저러자' 하는 의견들이 터져 나왔다. 마침내 남자들 중 하나가 앞으로 나섰다.

"문 열어!"

그는 견습공 기숙사의 위층을 향해 소리쳤다. 그러나 아무런 움직임이 없었다. 창문 하나 열리지 않았고, 커튼조차도 움직이지 않았다. 기숙사는 쥐죽은 듯했다. 남자는 다시 한 번 닫힌 창문에 대고 부르짖었다. 모두 조마조마해하며 건물을 쳐다보았다. 나는 아주 흥분되었다.

'무슨 일이 일어날까? 아무도 없나?'

여자들 중 한 명이 유대인의 집이라며 욕을 해 댔다. 그 목소리가 어찌나 카랑카랑하던지 무슨 말인지 하나도 알아들을 수 없었다. 끊임없는 고함에도 남자는 아랑곳하지 않았다. 대신 무거운 발걸음으로 걸어가 문에 발길질을 했다. 손잡이를 잡아 돌렸지만, 묵직한 참나무 문은 굳게 잠겨 있었다. 남자는 서너 발자국 뒤로 물러섰다가 문틈에 낀 널빤지를 등으로 세게 받았다. 그 다음에는 좀더 멀리 가서 다시 한 번 들이받았다. 하지만 굳게 잠긴 문은 꿈쩍도 하지 않았다. 이번에는 같이 온 다른 남자들까지 합세했다. 모두 문에서 멀찍이 물러섰다가 다 같이 한꺼번에 온몸을 부딪쳤다. 여자들도 뛰어들었다.

하지만 조금 전까지 욕을 하던 여자는 가만히 서 있었다. 그녀는 말로써 다른 사람들을 부추겼다. 곧이어 '영차, 영차' 하는 여자의 목소리가 거리에 울려 퍼졌다. 그 여자의 구령 소리에 맞추어 사람들이 몸으로 문을 밀었다. 둘러서서 구경하던 사람들까지 가세하기 시작해서 점점 더 많은 사람들이 문을 부수는 일에 가담했다. 그 여자의 구령에 이끌려 다른 사람들도 한목소리를 내고 있었다. 그 순간 나 자신도 '영차' 하고 소리치고 있다는 것을 깨달았다. 그리고 소리가 날 때마다 조금씩 그 사람들에게 다가가고 있었다. 그러다가 어느새 그 무리에 섞여 같이 밀기 시작했다. 이제 가만히 보고만 있는 사람은 아무도 없었다. 모두가 함께 했다.

문이 아주 천천히 무너졌다. 어느 누구도 예상하지 못했던 순간, 마침내 문이 열렸다. 맨 앞줄 사람들이 휘청하고 건물 안으로 튕겨 들어갔다. 그 다음 줄에 서 있던 사람들은 폐허 위로 나동그라졌고, 나머지는 그 위로 밀려 들어갔다. 나도 그 사람들 속에 있었다.

건물 안에 들어가 잠시 멈추어 선 채 사방을 둘러보았다. 여기저기서 쿵쾅거리는 소리가 들려 왔다. 그 소리를 따라 책가방을 들고 계단을 올라가는 동안 난간 너머로 가구들이 떨어져 박살났다. 모든 것들이 너무나 야릇하게 사람을 흥분시켰다.

밖에서 욕을 하던 여자는 어느 침실에 쪼그리고 앉아 감자 깎는 칼로 침대 매트를 가르고 있었다. 그녀는 뿌연 먼지구름 속에서 나를 보며 웃음지었다.

"날 모르겠어?"

여자가 끽끽거리는 목소리로 물었다. 나는 잠시 생각한 뒤 모르겠다고 말했다. 여자는 커다란 소리로 웃었다.

"매일 아침마다 내가 너희 집에 신문을 배달하지."

여자는 손으로 자기 얼굴을 문질렀다. 그러고 나서 갈라진 매트를 창문 밖으로 휘휘 흔들어 댔다.

"이리 와서 좀 도와 줘!"

여자가 나를 불렀다.

나이 지긋한 한 남자는 집기가 든 장롱을 발견했다. 그는 주머니에 집기들을 가득 쑤셔 넣었다. 그리고 나한테도 망치 하나를 주었다. 아주 새 것이었다. 처음에 나는 망치만 가지고 놀았다. 별 생각 없이 망치 손잡이를 한 번은 이리로 한 번은 저리로 흔들었다. 망치가 어딘가에 부딪쳤고, 그 바람에 유리 한 장이 박살났다. 그건 망가진 책장의 유리였다. 나는 깜짝 놀랐다. 그러나 어느 순간, 호기심이 발동했다. 이미 깨진 유리에 대고 부드럽게 톡톡 망치질을 했다. 그러자 달그락달그락 소리를 내면서 유리 조각들이 바닥으로 떨어졌다. 재미있었다. 세 번째 유리는 좀더 세게 쳐서 유리 조각이 사방으로 튀었다.

나는 망치를 내리치면서 복도를 지나갔다. 의자 다리, 쓰러진 장롱, 유리컵 할 것 없이 내 앞을 가로막는 것이면 뭐든 쳐서 옆으로 밀었다. 그렇게 돌아다니고 있자니 내가 무척이나 강해진 느낌이 들었다. 망치로 할 수 있는 일들이 너무나 즐거워서 콧노래가 절로 나올 지경이었다.

나는 조그만 교실로 들어가는 문 하나를 발견했다. 아직 아무도 들어가지 않은 듯했다. 호기심에 차서 그 곳을 둘러보았다. 마음 같아서는 노래를 고래고래 부르고 싶었다.

몸을 돌리다가 책가방으로 제도용 T자를 건드려 교탁에서 떨어뜨렸다. 하지만 자세히 살펴보지 않아 떨어진 자를 밟고 말았다. 자가 부러지면서 나는 커다란 소리가 마치 총소리처럼 들렸다. 나는 놀라서 멈칫거렸다.

벽에는 크고 작은 제도용 T자들이 무수히 걸려 있었다. 나는 자 하나를 더 골라 딱 소리가 나도록 밟아 보았다. 이번 소리는 조금 더 울림이 깊었다. 나는 계속해서 자를 부러뜨렸다. 그렇게 각각 다른 소리로 자가 부러지는 것을 즐겼다.

자를 다 부러뜨린 뒤, 교탁 위에 두었던 망치를 집어 들었다. 그러고는 교탁 위를 이리저리 두드려 부수고, 교실에 있는 옷장과 서랍을 있는 대로 다 뒤졌다. 하지만 나의 파괴욕에 희생될 만한 것을 더 찾아 내지는 못했다. 나는 실망하여 교실을 나서려다 문에 멈춰 서서 다시 한 번 사방을 휘둘러보았다. 맞은편 벽에 커다란 칠판이 하나 있었다. 나는 상체를 한껏 뒤로 젖힌 뒤, 칠판을 향해 망치를 던졌다. 칠판 한가운데를 맞춘 망치는 바로 그 자리에 꽂혔다. 망치 자루가 마치 옷걸이 못처럼 검은 칠판에서 도드라져 보였다. 갑자기 피곤해지면서 구역질이 났다. 나는 집으로 달려갔다.

집에 가 보니 엄마가 나를 기다리고 있었다. 그런데 나를 보고는 아무 말도 하지 않았다. 나 역시 어디를 돌아다니다가 왔는지 말하지 않았다.

엄마가 수프를 가지고 와서 상을 차려 주었다. 내가 수프를 막 한 입 떠 먹으려고 할 때였다. 우리 집 앞에서 사람들의 함성이 들렸다. 사람들이 문을 쿵쿵 두드리면서 열었다. 레쉬 씨가 투덜대며 욕을 했다.

수많은 사람들이 시끄러운 소리를 내며 계단을 올라오고 있었다. 발소리는 우리 집을 지나 위로 올라갔다. 슈나이더 씨 집 문이 쾅 하고 열리는 소리가 들렸다.

"뭐지?"

엄마가 깜짝 놀라 얼굴빛이 창백해졌다.

"경찰을 불러야겠다!"

"경찰은 아무것도 안 해요. 그냥 지켜 보고만 있어요."

우리는 슈나이더 부인의 비명을 들었다. 뭔가 둔탁하게 바닥에 떨어지는 소리도 들렸다. 뒤이어 어떤 남자가 저주를 퍼부었다. 프리드리히는 고함을 지르다가 절망적으로 흐느꼈다. 나는 숟가락을 집어던지고 문 쪽으로 달려갔다. 엄마가 짜증을 내며 소리쳤다.

"여기 있어!"

하지만 나는 쏜살같이 계단을 뛰어 올라갔다. 슈나이더 씨 집 문이 활짝 열린 채 덜렁거리고, 문의 유리는 산산조각이 나 있었다. 입술이 새파래진 슈나이더 부인이 겨우 숨을 쉬며 부얼 바닥에 누워 있었다. 프리드리히의 이마에는 혹이 나 있었다. 프리드리히는 자기 엄마 위에 몸을 숙이고 뭐라고 속삭였다. 그는 내가 들어오는 것도 알아차리지 못했다.

한 남자가 슈나이더 부인의 발을 밟고 지나가더니, 커다란 수저통을 창문 너머로 쏟아 버렸다. 어떤 여자는 거실에서 도자기 그릇들을 부쉈다.

"마이쓰너 도자기다!"

그 여자는 나를 보고 고급 도자기에 감탄하며 고개를 주억거렸다. 또 다른 여자는 슈나이더 씨의 서한용 칼로 집 안에 걸린 그림들을 다 찢고 다녔다. 슈나이더 씨의 책장 옆에 서 있던 검은 머리의 거인 같은 남자는 책장에서 책을 한 권씩 한 권씩 꺼냈다. 그러고는 제본된 부분을 쥐고 한가운데를 쫙 벌려 찢었다.

"나처럼 해 봐!"

그 남자는 즐거운 듯이 한껏 웃었다.

프리드리히의 방에서는 한 남자가 침대 틀을 통째로 창 밖으로 밀어 내고 있었다.

"이리 와, 너도 같이 하자!"

남자가 나에게 말했다.

프리드리히의 집 안을 다 둘러본 나는 집으로 내려왔다. 불안에 떨면서 살그머니 문틈으로 밖을 엿보고 있던 엄마는 나를 보자 집 안으로 확 끌어당겼다. 그러고는 말없이 거실로 밀어 넣었다. 우리는 창가에 서서 거리를 내다보았다. 위층에서는 여전히 쿵쾅거리며 걸어다니는 소리가 났다.

"유다 똥이나 처먹어라!"

밖에서 여자가 소리쳤다. 우리 집에 신문배달을 해 주던 그 여자였다.

안락의자 하나가 앞뜰의 장미나무 덤불 속으로 풀썩하고 떨어졌다. 그 순간 엄마가 큰 소리로 울기 시작했다. 나도 같이 울었다.

*죽음

엄마가 깜짝 놀라 일어났다. 나도 잠이 깼다.

"여보, 들어 봐요!"

엄마가 아빠를 깨웠다.

아빠는 잠에 취해서 하품을 했다.

"대체 무슨 일인데 그래?"

"누가 우리 집 문을 두드렸어요."

엄마가 두려워하며 말했다.

"당신이 꿈꾼 거겠지."

아빠는 엄마를 진정시키고 돌아누웠다.

"아니에요, 분명히 그게 아니에요."

엄마가 고집을 부렸다.

"내가 아주 똑똑히 들었다니까요."

아빠가 미처 다른 말을 하기도 전에, 누군가 머뭇거리듯이 우리 집 문을 두드렸다. 아빠는 튕기듯이 침대에서 일어났다.

"이것 참! 지금 몇 시야?"

엄마는 벽시계를 쳐다보았다.

"한 시 반이에요."

아빠는 실내화를 신고 가운을 두르고 문으로 갔다. 그리고 불을 켜지 않은 채 문을 살짝 열었다. 어두운 복도에는 슈나이더 씨가 서 있었다. 그는 외출복 차림이었다. 슈나이더 씨가 속삭였다.

"죄송합니다. 제 아내의 상태가 아주 안 좋습니다. 집에 전깃불이 안 들어와서 촛불을 켜고 있는데, 너무 어두워요. 손전등 좀 빌려 주실 수 있습니까?"

그제서야 아빠는 문을 활짝 열었다.

"당연하지요, 슈나이더 씨!"

아빠는 거실에서 손전등을 찾아 슈나이더 씨에게 건네 주었다. 슈나이더 씨가 고맙다며 인사를 했다.

"이렇게 한밤중에 실례를 해서 정말 미안하군요."

아빠는 고개를 저었다.

"괜찮습니다."

아빠는 슈나이더 씨의 등 뒤에서 문을 살그머니 닫고 다시 침대로 들어갔다.

"부인이 충격을 받아서 그럴 거예요. 내가 돌봐 줘야 하지 않을까요?"

엄마는 걱정을 하면서도 도로 침대에 누웠다.

내가 다시 잠이 들기 전에 또 한 번 노크 소리가 들렸다. 이번에는 아빠가 바로 일어나 문을 열어 주었다. 슈나이더 씨는 어떤 신사 분을 같이 데리고 왔다.

"이 분은 닥터 레비입니다."

슈나이더 씨가 소개했다.

"죄송하지만 부탁이 하나 있습니다."

닥터 레비가 말했다.

"슈나이더 부인에게 주사를 놓아야 합니다. 오늘 오후에 쓰레기통에서 주사기를 주웠는데 소독을 못 했습니다. 슈나이더 씨 댁 부엌에 불이 없어서 물을 못 끓이거든요."

엄마가 재빨리 옷을 걸쳤다. 나도 엄마를 따라서 옷을 입었다. 엄마는 부엌으로 가서 큰 솥에 물을 넣고 끓였다. 닥터 레비는 민망한 웃음을 띠면서 주사기를 보여 주었다.

"온전한 건 이것뿐이에요."

잠시 물이 끓기를 기다리던 닥터 레비가 말했다.

"전 이만 환자한테 가 보겠습니다."

엄마가 고개를 끄덕였다. 엄마는 물이 펄펄 끓자 솥을 불에서 내려놓았다.

"넌 전기난로를 가지고 올라오너라."

엄마는 부엌용 장갑을 낀 손으로 뜨거운 솥을 들고 위층으로 올라갔다. 나도 전기난로를 들고 뒤따라갔다. 다 부서진 문이 벽에 반쯤 걸쳐 있어서 집 안으로 바로 들어갈 수 있었다. 그런데 집 안이 어두워서 발을 조금씩 옮기면서 더듬더듬 앞으로 걸어 나가야 했다. 침실에서 새어 나오는 희미한 불빛이 다른 방까지 비추고 있었다.

문이란 문은 다 떨어져 나갔기 때문에, 엄마는 헛기침으로 인기척을 했다. 슈나이더 씨가 나와서 엄마를 침실로 데리고 갔다.

침실은 황폐했다. 부서진 침대 틀 조각들이 옷장 위에 어지럽게 쌓여 있고, 옷장 문은 이미 흔적도 없이 사라져 버렸다. 사실 옷장 속에 남아 있는 게 없었기 때문에 문이 달려 있을 필요도 없었다. 온 방 안은 물건들의 잔해로 가득 차 있었다.

슈나이더 씨는 벽 쪽으로 쓰레기를 밀어 놓고 방바닥을 깨끗이 쓸고 있었다. 누더기, 다 떨어진 커튼, 찢어진 이불을 가득 쌓아 둔 방 한가운데에 슈나이더 부인이 이불도 없이 누워 있었다. 방바닥에 놓인 탁자용 램프가 슈나이더 부인의 일그러진 얼굴 위로 따뜻한 빛을 뿜었다. 엄마는 깜짝 놀라 그만 소리를 지르고 말았다.

"아니, 이건 말도 안 돼요. 슈나이더 씨, 가요. 부인을 우리 집으로 옮겨야 해요!"

닥터 레비는 주사 놓을 준비를 하며 중얼거렸다.

"그러기엔 너무 늦었어요."

슈나이더 씨는 어둠 속에 서 있어서 표정을 알아볼 수가 없었다. 프리드리히는 자기 엄마 옆에 무릎을 꿇고 앉아 깨진 유리컵에서 뭔가를 주워 입 안에 넣어 주고 있었다.

망가진 창문 사이로 바람이 불어오자 찢어지고 남은 그림의 캔버스가 팔랑거렸다. 엄마는 내게 전기난로를 켜라는 눈짓을 보냈다. 하지만 집 안에 남아 있는 유일한 콘센트에는 탁자용 램프가 꽂혀 있었다. 슈나이더 부인이 주사를 맞는 동안, 나는 집에서 두 개짜리 콘센트를 가지고 왔다. 그 때까지만 해도 슈나이더 부인은 아직 의식이 있는 상태였다.

닥터 레비가 슈나이더 부인에게 말했다.

"남편 분에게 당신의 죄를 참회하세요!"[40]

슈나이더 씨가 말했다.

"여보, 마음 편히 먹어요."

슈나이더 부인은 거의 알아볼 수 없을 정도로 가만히 고개를 끄덕였다. 닥터 레비가 프리드리히와 나를 방에서 데리고 나왔다. 엄마도 뒤따라 나왔다. 나는 슈나이더 씨가 부인의 얼굴 위로 몸을 굽히는 것을 보았다. 그런데 곧 침실에서 슈나이더 씨가 울먹거리며 외쳤다.

"박사님! 프리드리히!"

닥터 레비와 프리드리히가 서둘러 침실로 갔다. 엄마와 나는 천천히 뒤쫓아가서 문턱에 서서 방 안을 들여다보았다. 닥터 레비가 슈나이더 부인 옆에서 몸을 숙였다. 그리고 아주 조심스럽게 몸을 일으켜 세우더니 모자를 찾아 썼다.

슈나이더 부인의 얼굴은 아주 검었다. 부인은 숨을 헐떡거리며, 누운 자리에서 몸을 뻗댔다. 머리를 이리저리 세차게 흔들고 신음하며 손으로 가슴을 쥐어뜯었다.

갑자기 닥터 레비가 노래를 부르는 듯한 목청으로 기도하기 시작했다.

"들으라, 이스라엘아. 주는 우리의 하느님이시니, 그는 유일하시니라!"[41]

엄마는 양 손을 모았다. 슈나이더 씨와 프리드리히도 모자를 찾아 쓰고는 한목소리로 기도했다.

"주 되신 이의 이름이여, 언제나 그리고 영원히 찬양받으라. 주 되신 이의 이름이여, 언제나 그리고 영원히 찬양받으라. 주 되신 이의 이름이여, 언제나 그리고 영원히 찬양받으라."

슈나이더 씨는 절망스러워하며 혼자서 마지막까지 계속 기도했다.

"신만이 온 세계의 주로다! 신만이 온 세계의 주로다!"

슈나이더 씨는 점점 작은 소리로 계속해서 기도했다.

"신만이 온 세계의 주로다……."

슈나이더 부인은 다시 고요하게 누워 있었다. 닥터 레비가
부인 위로 몸을 굽혔다가 펴면서, 어깨를 움찔거렸다. 닥터 레
비는 슈나이더 씨와 프리드리히와 함께 노래했다.

"진실의 심판관인 당신께 찬양 드리니!"

그 순간 슈나이더 씨는 부인의 침상 앞에 털썩 무릎을 꿇었
다. 그는 두 손으로 자신의 옷깃을 잡고 쥐어뜯더니 흑흑거리며
푹 고꾸라졌다. 프리드리히도 자기 옷을 갈기갈기 찢었다.[42] 그
러고는 자기 엄마 위로 와락 몸을 던졌다. 닥터 레비는 주머니
에서 초를 꺼내 죽은 슈나이더 부인 옆에 두고 가만히 불을 밝
혔다.[43]

*램프

슈나이더 씨는 망가진 현관문을 수리하는 데 드는 모든 비용을 지불해야 했다. 레쉬 씨의 앞뜰 장미나무 덤불이 망가진 것에 대한 보상도 슈나이더 씨의 몫이었다. 사람들이 슈나이더 씨네 서랍을 통째로 창 밖으로 내던져서 망가진 것이기 때문이었다.

나는 초인종을 눌렀다. 신발을 끄는 느릿한 발자국 소리가 점점 가깝게 들려 왔다. 슈나이더 씨는 의심스런 눈초리로 문 틈을 통해 밖을 살폈다. 나를 본 슈나이더 씨는 계단에서 나는 소리를 확인하고 난 후 번개처럼 재빨리 문을 열고 나를 집 안으로 들어오게 했다. 그리고 다시 문을 잠그고 나서야 안심하며 인사했다.

"편지를 드리려구요. 우리 우편함에 잘못 배달됐어요."

슈나이더 씨는 말없이 고개를 끄덕였다. 편지를 받으려고 내민 그의 손이 떨리고 있었다. 손은 더러웠다. 그는 걸치고 있던 꽃무늬 앞치마에 손을 문질러 닦았다. '고맙다.'고 말은 했지만, 목소리가 거의 들리지 않을 만큼 작았다.

우리는 엉거주춤하게 복도에 서 있었다. 슈나이더 씨는 자기 앞으로 온 편지를 쳐다볼 뿐 뜯어 보지는 않았다. 마음 같아서는 당장 집으로 돌아가고 싶었다.

"프리드리히는 집에 없나요?"

"일하고 있다."

슈나이더 씨는 부엌을 가리켰다. 그러고는 피곤한 몸짓으로 나를 부엌으로 데리고 갔다. 손에는 여전히 편지가 들려 있었다.

부엌은 마치 램프 가게 같았다. 사방에 램프가 놓여 있거나 걸려 있었다. 한쪽에는 더럽고 망가지고 깨진 것이었고, 다른 쪽에는 거의 새 것처럼 보이는 깨끗하고 멀쩡한 것이었다. 프리드리히는 식탁에 앉아 그 램프들 틈에서 작업을 하고 있었다. 슈나이더 씨와 마찬가지로 앞치마를 둘렀고, 앞치마 주머니에는 여러 가지 펜치와 칼이 꽂혀 있었다. 내가 멍청하게 물었다.

"너 대체 뭐 하고 있는 거야?"

프리드리히는 싱긋 웃었다.

"보다시피 램프를 수리하고 있어."

슈나이더 씨도 다시 식탁 앞에 앉아 걸레를 들고 녹슨 램프 하나를 깨끗이 닦기 시작했다. 내가 프리드리히와 이야기하는 동안, 슈나이더 씨는 고개를 숙이고 일에 열중했다.

프리드리히가 설명했다.

"우리 아빠가 더 이상 일을 할 수 없어서 내가 우리 집 생계를 책임져야 해. 아빠가 아는 사람들한테서 낡은 램프를 받아 오면 나는 아빠랑 같이 수리하는 거야."

나는 여전히 놀란 눈으로 부엌을 두리번거렸다.

프리드리히는 몇 번 손을 놀리더니 금세 램프 하나를 분해했다. 그러고는 마치 전문가처럼 전선을 검사하고, 연결 부위를 확인하고, 작은 나사못을 조인 뒤 모든 것을 다시 조립했다. 새 전구를 갈아 끼우고 시험 삼아 몇 번 불을 켜 보더니, 만족한 듯 고개를 끄덕이고는 옆으로 밀어 놓았다. 또 벽걸이용 램프 하나를 자기 아빠에게 도로 건네 주며 상냥하게 말했다.

"이건 좀더 잘 닦아야겠어요."

프리드리히가 다시 나에게 설명하기 시작했다.

"고객들은 좋은 서비스를 원하거든. 우리가 일하는 걸 보고 만족하면, 다른 사람들한테도 추천해 주는 거야. 램프를 많이 받을수록 우리는 좋지."

그러고는 잠시 후 물었다.

"혹시 우리가 일해 줄 만한 사람 알고 있니? 우린 싸게 해 줘."

"사람들한테 한번 물어 볼게."

나는 차가운 부엌에 있는 것이 싫었다. 슈나이더 씨와 프리드리히는 너무나 많이 변한 것 같았다. 나는 이제껏 프리드리히의 이런 모습을 본 적이 없었다. 내가 나가려고 하는 순간, 발 밑에 편지기 밟혔나. 편지는 아직도 뜯지 않은 채였다.

"아저씨, 아저씨 편지예요."

나는 기억을 떠올리며 슈나이더 씨에게 편지를 건네 주었다.

프리드리히가 말했다.

"나한테 줘."

슈나이더 씨가 편지를 받지 않아서 프리드리히에게 주었다. 프리드리히가 더러운 손으로 봉투를 뜯고는 편지를 읽었다. 갑자기 그 애의 얼굴이 달라졌다. 눈을 둥그렇게 뜨고 어쩔 줄 몰라 했다. 그리고 자기 아빠를 보며 절망에 찬 목소리로 말했다.

"레쉬 씨가 우리보고 집을 비우라고 했어요."

슈나이더 씨가 자리에서 일어났다. 그는 프리드리히를 끌어안으며 머리를 쓰다듬었다. 그러고는 프리드리히를 위로했다.

"힘들지, 애야. 걱정 말아라. 우리가 들어갈 집을 레쉬 씨가 정해 주지 않는 한 우리한테는 아무 일도 없단다."

열네 살짜리 프리드리히는 식탁에 기대어 서서 어린아이처럼 울었다. 슈나이더 씨는 내 어깨에 손을 얹고 문까지 배웅해 주었다. 그는 나를 문 밖으로 내보내기 전에, 좀 전에 했던 것처럼 계단에서 무슨 소리가 나는지 귀를 기울였다. 나는 슈나이더 씨와 악수를 하고 밖으로 나왔다. 내가 아래층으로 내려갈 때, 슈나이더 씨는 살그머니 뒤쫓아와서 속삭였다.

"곧 우리 집에 다시 오너라."

그러고 나서 더 조그만 소리로 애원하듯이 말했다.

"다른 사람한테는 우리 얘기를 하지 마라. 안 그러면 사람들이 우리에게서 모든 걸 빼앗아 간단다."

[*]영화

'유대인 쥐스'[44] 라는 글씨가 영화관 입구에 아주 큼지막하게 씌어 있었다. 글자 양 옆에는 양털같이 곱슬곱슬한 수염이 난 유대인 얼굴이 그려져 있었다.

학생들과 경찰들이 줄을 지어 영화관 안으로 들어갔다. 영화가 상영된 지 벌써 8주째였다. 모두들 그 영화를 보았다고 했다. 전쟁으로 인해 대부분의 즐거움이 제한되면서 영화는 가장 중요한 오락거리가 되었다. 수많은 사람들의 입에 오르내리고, 여러 차례 글로도 씌어진 영화는 사람들을 모두 끌어들였다.

프리드리히가 조그만 비누 가게의 진열장 앞에서 나를 기다리고 있었다. 나는 유대인과 교류하고 있다는 이유로 히틀러 소년단으로부터 한 번 지적을 받았다. 그 뒤로 우리는 아는 사람을 만날 가능성이 적은 장소에서만 만났다.

프리드리히가 말했다.

"간판 그림을 봤어. 네가 날 데리고 와 줘서 정말 기뻐. 아마 혼자서는 못 왔을 거야."

프리드리히가 영화 소개를 읽고 있는 동안 나는 매표소로 갔다. 가격표 아래에는 '14세 이하 청소년 입장 불가' 라는 형광 안내문이 걸려 있었다. 나는 입장권 두 장을 샀다. 그런데 그 날따라 신분증을 요구하지 않았다. 어떤 날은 매표소에서부터 신분증을 보여 줘야 할 때도 있었다. 14세 이하 청소년은 아예 극장 안으로 들어가지 못하게 하려는 것이었다. 신분증을 보여 달라고 하는 것은 프리드리히가 가장 두려워하는 일이었다. 우리는 벌써 열다섯 살이었지만, 프리드리히에게는 유대인 신분증뿐이었기 때문이다.

"표 샀어?"

프리드리히가 조심스럽게 두리번거리며 속삭였다. 나는 고개를 끄덕이고는 느긋하게 상영관 입구로 갔다. 프리드리히가 내 뒤를 따라왔다. 그는 표를 검사하는 여자에게서 되도록 멀리 떨어져 있으려고 계속 내 뒤로 숨었다. 입구를 지키고 있던 여자도 신분증을 요구하지 않았다. 그 여자는 우리를 제대로 쳐다보지도 않았다. '왼쪽으로.' 하고 변함 없는 어조로 중얼거리며 우리를 들여보내 주었다.

프리드리히는 상영관 입구에서 다른 사람에게 들릴 정도로 크게 한숨을 내쉬었다.

"난 이런 멍청한 숨바꼭질을 할 기분이 아니야. 하지만 이런 영화는 나한테 정말 중요하거든."

우리는 어둑한 상영관 안으로 들어갔다. 또 다른 여자 안내원이 우리를 맞아 좌석까지 데려다 주었다. 프리드리히는 아주 공손하게 감사하다고 말했다. 그러자 여자 안내원이 상냥한 미소를 지었다.

아직 시간이 일렀기 때문에 우리는 비교적 좋은 자리를 잡을 수 있었다. 커튼 바로 앞, 한가운데 줄이었다. 아직까지 다른 줄에도 관객들이 많지 않았다.

프리드리히는 의자에 앉기 전에 일단 사방을 두리번거렸다. 그런 다음 다리를 쭉 뻗고 의자에 깊숙이 기대어 앉았다.

"쿠션이다!"

녀석은 좋아하며 자기 의자를 쓰다듬었다. 그러는 사이 중년으로 보이는 또 다른 여자 안내원이 상영관 안으로 들어왔다. 그 여자는 우리가 들어왔던 입구의 일을 넘겨받았다. 좀 전의 젊은 안내원은 다른 곳으로 위치를 옮기려는 모양이었다. 젊은 안내원은 우리가 앉아 있는 줄을 지나 다른 쪽으로 가려고 했다. 프리드리히는 젊은 안내원이 지나갈 수 있게 자리에서 벌떡 일어났다. 젊은 안내원은 미소를 지으며 고개를 까닥였다.

"엄마가 돌아가시고 나서 오늘 처음으로 영화 보는 거야"

프리드리히가 나지막한 소리로 말했다.

"내가 이런 영화를 다 보게 되다니⋯⋯. 엄마가 지난 이 년 간 일어났던 일들을 못 봐서 다행이야. 집안 사정이 이렇게 나빠진 건 전쟁 때문만은 아니야."

상영관 안이 점점 사람들로 들어찼다. 우리 양쪽 좌석에도 사람들이 앉았다. 이른 오후 시간대여서 청소년들이 많았다. 안내원들이 출입문을 닫자 사람들은 불이 꺼지기를 기다렸다.

그 때 갑자기 천장에 커다란 불이 켜졌다. 그리고 확성기를 통해 안내방송이 들려 왔다.

"청소년들은 모두 신분증을 제시해 주시기 바랍니다."

한 명은 뒤에서부터, 또 한 명은 앞에서부터 시작하여 두 명의 안내원들이 좌석 사이사이를 통과하기 시작했다. 그들은 신분증을 신속하게 훑어보았다. 두세 명이 상영관에서 쫓겨 나갔다. 모든 일은 아주 빠르고 조용하게 진행되었다.

프리드리히는 얼굴이 창백해지며 안절부절못했다. 녀석은 눈으로 우리가 앉아 있는 줄을 좇으면서 안내원의 움직임을 살폈다.

"왜 그렇게 흥분하고 그래?"

내가 물었다.

"우리가 열네 살 이상인지 검사할 뿐이라구. 내 신분증을 보일게. 넌 보여 줄 필요 없어."

하지만 프리드리히의 행동은 점점 더 이상해졌다. 주변에 앉아 있던 사람들까지도 모두 우리를 쳐다보았다. 나는 창피했다. 급기야 녀석은 나한테로 몸을 기울이고는 어린 여자 아이처럼 내 귀에 대고 속삭였다.

"내가 너한테 말하지 않은 게 있어. 유대인은 영화를 보면 안 돼. 금지되어 있다구. 저 사람들에게 발각되면 당장 끌려갈지도 몰라. 숨어야 해. 도와 줘."

중년의 안내원은 우리가 앉아 있는 줄까지 왔다. 프리드리히는 여전히 머뭇거리고 있었다. 그 안내원이 우리 앞에 왔을 때였다. 프리드리히가 벌떡 일어났다.

"잠깐!"

안내원이 소리쳤다. 프리드리히는 앉아 있는 사람들 사이를 비집고 억지로 나가려고 했다. 그러나 사람들의 발이 자꾸만 거치적거렸다. 안내원이 프리드리히보다 먼저 도착했다.

"우린 이런 경우를 잘 알고 있지."

안내원은 상영관 안에 있는 사람들에게 다 들리도록 큰 소리로 말했다.

"신분증을 검사하는 동안엔 나갔다가 불이 꺼지는 대로 다시 들어오려고 하는 걸 모를 줄 알고?"

나는 프리드리히를 따라 일어섰다.

"자, 어서 신분증을 보여 다오. 그럼 네가 하고 싶은 대로 해도 된다."

안내원이 프리드리히를 재촉했다.

"여기 있어요!"

내가 안내원에게 내 신분증을 내밀었다.

"너한테 얘기하지 않았어. 얘한테 했단 말이야."

안내원은 내 신분증을 보려고도 하지 않았다.

"우린 같이 왔어요!"

나도 모르게 그 말을 내뱉고 말았다. 하지만 곧 그 말을 한 것이 후회스러웠다. 안내원은 내 말을 듣지 않았다. 얼굴이 새빨개진 프리드리히는 몸을 오들오들 떨며 말을 더듬었다.

"저…… 저는 잊어버렸어요."

그러는 사이에 좀더 젊은 안내원이 뒤쪽에서 다가왔다. 그리고 중년 안내원에게 주의를 주었다.

"그 애를 그냥 내버려 두세요. 이렇게 소동을 피울 것까지는 없잖아요. 시간이 다 됐어요!"

프리드리히가 애원했다.

"제발, 절 보내 주세요. 그냥 갈게요."

중년 안내원은 기분 나쁜 웃음을 지으며 허리에 손을 올렸다.

"너, 뭐 걸리는 게 있지?"

"아뇨, 아니에요."

프리드리히가 재빨리 말했다. 안내원이 번개같이 프리드리히의 윗옷을 잡았다. 그러고는 주머니에 손을 넣었다.

"이게 뭐야?"

여자는 비아냥거리며 신분증이 들어 있는 비닐 지갑을 꺼냈다.

"내 신분증 줘요!"

프리드리히가 소리쳤다.

"내 신분증!"

프리드리히는 그 여자에게서 신분증을 뺏으려고 애썼다. 그러나 여자가 얼굴을 일그러뜨리며 몸을 뒤로 젖혔기 때문에 미처 잡을 수가 없었다. 프리드리히는 마치 미친 사람처럼 행동했다. 젊은 안내원이 프리드리히를 진정시켰다. 그러는 사이 중년 안내원은 프리드리히의 신분증을 살펴보았다. 중년 안내원의 얼굴이 금세 굳어졌다. 그리고 프리드리히의 신분증을 바로 돌려 주었다.

"이리 와!"

중년 안내원이 명령했다. 프리드리히는 사람들 틈을 헤집고 통로 옆쪽으로 나갔다. 나는 프리드리히를 뒤쫓아갔다. 모든 사람들의 시선이 우리를 좇고 있었다.

중년 안내원은 프리드리히의 팔을 잡고 상영관 바깥으로 끌어 냈다. 그러고는 책망에 가득 찬 목소리로 말했다.

"너 살기가 싫은 모양이구나! 수용소에 가고 싶어?"

우리 등 뒤로 불이 꺼지고 뉴스의 배경 음악인 승리의 팡파르가 울려 퍼졌다.

*벤치

시내를 돌아다니고 있는데 프리드리히가 갑자기 내 앞에 나타났다.

"시간 좀 낼 수 있어? 네게 할 얘기가 있어. 아빠는 이해하지 못해. 그리고 제대로 듣지도 않으셔. 하지만 난 이걸 누군가에게 꼭 얘기하고 싶어. 더 이상은 못 참겠어. 정말이야, 오래 걸리지 않아."

녀석은 내 대답을 기다리지도 않고 옆으로 다가왔다.

"약 사 주 전에 시작된 일이야. 국수 한 파운드를 가지러 시외로 가야 할 일이 생겼어. 아는 분이 우리한테 국수를 준다고 약속하셨거든.

나는 낡은 교회 옆을 지나서, 나무가 심어진 도로를 따라 걸었어. 찻길이 왼쪽으로 꺾이는 길 말이야. 거기엔 전부 보리수

나무뿐이야. 지금 꽃이 피기 때문에 향기가 대단하지. 난 그 길을 따라서 빨간 벽돌건물까지 갔어. 길 주변은 전혀 보지도 않고 그저 내 발만 보면서 걸었어. 그런데 갑자기 내 앞에 어떤 여자 애가 보이는 거야.

그 애 발은 아주 작았어. 난 한참 그 애 뒤를 쫓아갔어. 그 애가 발을 내딛는 거며, 무거운 그물망을 들고 있는 걸 똑똑히 봤지.

망에는 사과가 들어 있었어. 쪼글쪼글한 사과였는데, 갑자기 그 사과 한 개가 너무 먹고 싶은 거야. 혹시 하나라도 떨어지면 얼른 주워서 감춰야지 생각했어. 그런데 말야, 내가 생각한 대로 갑자기 망이 풀리더니 그 맛있는 사과가 길에 데굴데굴 구르는 거야.

여자 애가 굴러가는 사과를 따라 뱅뱅 돌더니 손을 입에 갖다 대고는 '이런 바보 같은 망태기!' 라면서 발을 동동 구르지 뭐야. 그래서 내가 사과 줍는 걸 도와 줬어. 사과를 모두 주워 망에 담았는데 망이 제대로 묶이질 않았어. 그래서 그 여자 애 집까지 망을 같이 들고 갔지.

그 애 이름은 헬가야. 아버지는 군인이셔. 헬가는 유치원에서 일하는데, 쉬는 날엔 시골로 가서 자기가 직접 만든 부엌용 장갑하고 사과를 맞바꾸곤 한대.

걔네 집 앞에 도착하자, 헬가는 나를 아주 다정하게 쳐다보며 '고마워. 안녕!' 하고 말했어. 그리고 사과 하나를 선물로 주었어. 하지만 난 그 사과를 먹지 않았어. 아직까지도 보관하고 있어. 기념으로 말야.

나는 아는 분에게 국수를 받아서 집으로 돌아오는 길에 헬가가 다닌다는 유치원 쪽으로 지나갔어. 그리고 저녁 몇 시에 문을 닫는지 물어 봤어.

그 뒤부터 매일 저녁마다 유치원 앞에 서서 헬가를 기다렸어. 헬가가 유치원에서 나올 때면 나를 꼭 볼 수 있도록 말야. 그 애가 날 쳐다보면 인사를 했어. 처음에 헬가는 놀라서 눈이 동그래졌어. 근데 그러면 더 예뻐 보였지. 난 밤이면 밤마다 헬가 꿈만 꿔.

그리고 나서 일주일 뒤부터 나는 저녁마다 헬가를 집 앞까지 데려다 줄 수 있게 됐어. 얼마나 기쁜지 이루 말 할 수가 없을 지경이었지. 우린 한 번도 많은 대화를 나눈 적은 없어. 단지 나란히 걸을 수 있는 것만으로도 너무 좋은 거야. 가끔 헬가는 곁눈질로 나를 살짝 쳐다보았어.

헬가는 내 이름이 프리드리히 슈나이더라는 것만 알고, 그외에는 아무것도 몰라. 난 아무 말도 할 수가 없었어. 말을 하고 나면 그 다음부터는 헬가를 데리러 갈 수 없을 테니까.

우리는 지지난 일요일에 처음으로 약속을 했어. 시립 공원에서 만나자고 말야. 아빠는 내가 밤마다 밖에 나가는 것에 대해서 놀라면서도 궁금해했어. 내가 멋 내는 걸 보고는 고개를 저으며 '프리드리히, 네가 무슨 짓을 하는지 잘 생각해라.' 하고 말씀하셨지. 그 외엔 아무 말씀도 하지 않고 가만히 고개를 돌리셨어. 그래도 나는 나갔어.

날씨가 참 좋았어. 벌써 장미가 피기 시작했거든. 시립 공원에는 사람들이 거의 없었어. 엄마들 몇 명이 유모차를 끌고 다닐 뿐이었지.

헬가는 검붉은색 원피스를 입고 왔어. 머리카락은 검고 눈동자는 회색이야. 그 눈을 보면 정말이지 그 속으로 빨려 들어가는 것 같은 느낌이야.

나는 헬가에게 시가 적힌 조그만 노트를 줬어. 그 애가 너무 좋아해서 내가 부끄러울 지경이었다니까. 우린 시립 공원을 가로질러 걸었는데, 헬가가 시를 읊었어. 시를 많이 외우고 있더라구.

나는 가능하면 아무도 마주치지 않을 만한 한적한 길을 찾았어. 한참을 걸어다니다 보니까 헬가가 좀 앉고 싶어하더라구. 나는 어떻게 해야 할지 몰랐어. 그렇다고 모른 척하고 계속 걷자고 할 수는 없잖아. 근데 내가 뾰족한 수를 생각해 내기도 전에 녹색 벤치가 있는 쪽으로 가게 됐어. 헬가는 그냥 벤치에 앉더라구. 그런데 나는 벤치 앞에 서서 두 다리를 번갈아 쉬었어. 감히 앉을 생각을 못 한 거지. 계속 누가 오지나 않을까 불안해서 주위를 살펴보았어. '넌 왜 안 앉니?' 하고 헬가가 물었어. 근데 적당한 핑계거리가 떠오르지 않는 거야. 헬가가 '너도 앉아!' 라고 해서 그냥 앉았지. 하지만 불안했어. 아는 사람이라도 지나가면 어쩌나 해서 엉덩이가 들썩거리더라구. 그게 헬가 눈에도 띄었나 봐. 핸드백에서 작은 초콜릿 조각을 꺼내 줬어.

초콜릿을 먹은 지가 언제였는지 기억조차 가물가물했지만, 그 초콜릿은 하나도 맛이 없었어. 내가 너무 흥분해서 그랬겠지. 고맙다는 인사도 잊어버리고 못 했을 정도니까.

헬가는 내가 준 시집을 가슴에 품었어. 그리고 나를 가만히 바라보다가 가끔씩 뭘 물어 봤어. 근데 내가 뭐라고 대답했는지 아무것도 생각이 안 나. 왜냐 하면 난 녹색 벤치 때문에 끔찍하게 불안했거든.

갑자기 헬가가 일어나더니 내 팔을 잡고 어디론가 끌고 갔어. 얼마 가지 않아서 우리는 노란색 벤치 앞에 이르렀는데, 거기에는 '유대인 전용'이라고 씌어 있었어. 헬가는 그 벤치 앞에 멈춰 서더니 '여기에 앉으면 네 마음이 좀 진정되겠니?' 라고 물었어. 나는 깜짝 놀라서 어떻게 알았느냐고 물었지. 헬가는 그 벤치에 앉더니 이렇게 말하더군. '그냥 그런 생각이 들었어.' 그 말을 그렇게 간단하고 쉽게 말하다니!

하지만 난 헬가랑 유대인용 벤치에 나란히 앉아 있을 수가 없었어. 나는 헬가를 일으켜서 집에 데려다 주겠다고 했지. 난 너무 실망해서 큰 소리로 흑흑거리고 울고 싶었어. 참 멋진 일요일이었는데 그렇게 끝나다니. 그리고 난 너무 흥분한 나머지 헬가의 손을 잡은 채 계속 이야기할 수가 없었어. 헬가는 가는 동안 내내 유대인이랑 데이트하는 게 아무렇지도 않다는 듯 행동하더라구. 자기 집안이며, 유치원 아이들이며, 휴가에 대해서 이야기했고, 내 손을 아주 꼭 잡았어.

헬가는 자기 집 앞에서 가만히 서서 오랫동안 나를 바라보더라. 그리고 이렇게 말했어. '다음 주 일요일에 다시 만나자. 하지만 이젠 시립 공원에는 가지 말자. 차 타고 야외로 가자. 숲으로 말야. 거기엔 노란색 벤치 따윈 없어!'

나는 변명을 하려고 했는데, 어느새 헬가는 집 안으로 들어가 버렸어.

그 날 저녁, 나는 한참 동안 시내를 쏘다녔어. 통행금지 시간이 한참 지난 뒤에야 집으로 들어갔어. 다행히 아무도 나를 끌고 가지는 않았지. 하지만 아빠한테 엄청 야단을 맞았어.

난 일주일 내내 약속 장소에 나가야 할지 말아야 할지 고민했어. 결국엔 일요일에 약속 장소에 나가지 않았어. 도저히 나갈 수가 없었어. 걔가 나랑 같이 있는 걸 누가 보기라도 하면 걔는 수용소에 갈 테니까."

*랍비

어떤 아주머니가 우리에게 감자 한 자루를 주었다. 저녁때 엄마를 도와 그 귀한 감자의 흙을 털어 내고 몇 뭉치로 나누었다. 슈나이더 씨 가족을 위해 감자를 작은 망에 따로 넣어 두었다.

엄마는 가만히 현관문 밖으로 귀를 기울였다. 위층에서 발자국 소리가 들리자 나더러 감자가 담긴 작은 망을 슈나이더 씨에게 갖다 주라고 했다.

나는 계단을 올라가 초인종을 누르고 문을 열어 주기를 기다렸다. 아무도 나오지 않아서 다시 한 번 초인종을 눌렀다. 하지만 슈나이더 씨네 집에서는 아무런 인기척이 없었다. 엄마가 말했다.

"분명히 누가 있는데. 누군가 올라가는 소리가 들리면 다시 한 번 가 봐라. 어쩌면 집에 있는데 방해 받기 싫어서 그러는지도 모르겠구나."

잠시 후 프리드리히가 계단을 올라갔다. 나는 그의 발자국 소리를 익히 알고 있었다. 나는 녀석과 마주치려고 재빨리 감자 망을 집어 들고 나갔다. 하지만 그 녀석과 마주치기도 전에 문이 달칵 닫혀 버렸다. 나는 다시 위층에 올라가서 초인종을 눌렀다. 이번에도 아무 기척이 없었다. 세 번째로 초인종을 누르고 나서 감자가 든 망을 내려놓고 노크를 했다. 집 안에 사람이 있는 게 확실했기 때문이다.

"프리드리히! 프리드리히!"

내가 소리쳐 부르자 그제서야 문이 열렸다. 그러나 문을 열어 준 사람은 프리드리히가 아니라 슈나이더 씨였다. 슈나이더 씨는 화난 표정으로 나를 바라보았다. 그러더니 재빨리 나를 집 안으로 끌어당겼다. 너무 빨리 끌어당기는 바람에 감자 망을 미처 가지고 들어갈 수가 없었다. 나는 다시 문 밖으로 나와서 감자 망을 들고 들어갔다.

"감자 때문에 왔어요. 이거 드리려구요."

슈나이더 씨는 여전히 화난 얼굴을 하고 있었다.

"그것 때문에 그렇게 소동을 피웠니?"

"열 번도 넘게 초인종을 눌렀어요. 집에서 사람 소리는 들리는데 아무도 안 나와서요. 그래서 노크한 거예요."

그 때 마침 프리드리히가 복도로 나왔다. 프리드리히는 내게 고개를 까닥하고는 감자 망을 받았다.

"애한테 왜 화를 내세요?"

프리드리히가 슈나이더 씨에게 말했다.

"얘가 우리한테 감자를 갖다 준 걸 기쁘게 생각하고 고마워해야죠. 감자가 우리에게 얼마나 유용한지 아빠도 잘 아시잖아요."

슈나이더 씨는 나한테서 눈을 돌려 프리드리히를 바라보았다.

"아빠한테 그런 식으로 말해도 되는 거냐? 넌 대체 무슨 생각을 하면서 사는 거냐?"

프리드리히는 다시 대들었다.

"아빤 누가 무슨 말만 하면 그렇게 흥분하시는데, 그게 뭐 제 잘못이에요?"

"여기서 이성을 잃은 것은 내가 아니라 너야. 보통 때는 아빠한테 이런 식으로 말하지 않잖니!"

슈나이더 씨는 흥분해서 거칠게 숨을 쉬었다.

"아빠가 이성적으로 행동하시면 제가 이렇게 고래고래 소리지르지는 않을 거예요. 창가에 가서 왜 그렇게 흥분하는지 온 동네에 대고 떠들지 그러세요."

슈나이더 씨는 어쩔 줄 몰라 울먹이듯 말했다.

"그래, 나도 날 어쩌지 못하겠다. 난 불안해. 불안해서 죽을 지경이다."

프리드리히가 카랑카랑한 목소리로 물었다.

"그 사람을 길거리로 내쫓고 싶어요? 아빠 마음을 안정시키기 위해서 그 사람을 희생시키고 싶냐구요. 쳇!"

슈나이더 씨가 울었다. 프리드리히는 분노와 슬픔이 뒤섞인 채 슈나이더 씨를 노려보았다. 두 사람은 그 자리에 내가 있다는 것도 까맣게 잊은 것 같았다.

그 때 거실 문이 살그머니 열렸다. 턱수염을 기른 노인이 거실에서 나왔다. 내가 복도에 서 있는 것을 보고 그는 깜짝 놀랐다. 하지만 노인은 곧 정신을 차리고 조용한 목소리로 말했다.

"나 때문에 싸워서는 안 돼요. 나 때문에 겁을 먹어서도 안 돼요. 내가 가지."

"아니에요!"

프리드리히와 슈나이더 씨가 거의 동시에 소리쳤다. 슈나이더 씨는 팔을 벌리고 현관문을 막아섰다.

"아니에요, 여기 계세요!"

슈나이더 씨가 소리쳤다. 노인은 거의 알아보기 힘들 정도로 살살 머리를 저었다.

"이제 너무 늦었어. 저 애가 나를 봤어."

노인은 손가락으로 나를 가리키며 말했다. 프리드리히가 얼른 내 쪽으로 달려왔다.

"애는 제가 보증해요. 다른 사람한테 아무 말도 안 해요."

하지만 수염 난 노인은 확신하지 못했다.

"우리 일을 알고 있는 사람이 너무 많아. 그건 좋지 않아. 내가 모두를 위험에 빠뜨릴 이유는 없지 않겠는가? 나는 늙어서 감당할 수 있어. 그리고 영원한 우리 주께서 나를 도와 주실 거야."

슈나이더 씨는 다시 정신을 가다듬었다. 그는 노인과 프리드리히 그리고 나를 거실로 데리고 들어갔다. 슈나이더 씨가 먼저 말을 하기 시작했다.

"이 분은 유명한 랍비시다."

랍비는 그만 두라는 표시로 손을 내저으며 자기가 하던 말을 계속했다.

"사람들이 나를 찾고 있어. 지금은 이 집에 숨어 있지만, 언제까지 숨어 있지는 않을 거야. 친구들이 앞으로도 나를 도와 주려고 해."

그는 바로 내 앞에서 일어서더니 나를 찬찬히 보았다.

"사람들이 나를 잡으면 내가 어떻게 되는지 넌 알지? 유일하신 신께서 나에게 자비를 베푸신다면 그건 죽음이고, 그렇지 않으면 이루 말할 수 없는 고통을 받게 될 게다. 하지만 이건 단지 나만을 위협하는 것이 아니라 나에게 숙식을 제공해 주고 숨겨 준 다른 사람들에게도 해당되는 위험이지.

네가 우리를 신고하지 않으면 네가 어떤 일을 당하는지 나도 안다. 그건 너한테 참으로 끔찍한 일이겠지. 네가 그걸 알았다면 우리를 돕지 않았을 거다.

네가, 오직 너 혼자만이 나의 운명을 결정하겠구나. 네가 져야 하는 그 짐이 너무 무겁고 힘들면, 나한테 그렇다고 말해라. 그러면 우린 적어도 프리드리히와 슈나이더 씨를 구할 수 있어. 네가 나더러 가라고 해도 난 너를 저주하지 않을 거다.”

슈나이더 씨와 랍비, 프리드리히가 나를 바라보았다. 그들은 나의 판결을 기다리고 있었다.

나는 어떻게 해야 할지 알 수 없었다. 랍비는 내게 낯선 남자였다. 하지만 엄마와 아빠는 어떤가. 저 유대인보다 엄마 아빠가 내게는 더 가깝지 않은가. 내가 낯선 유대인 때문에 나 자신과 부모님을 위험에 빠뜨려도 괜찮을까. 나는 정말 저 유대인에 대해 입을 다물고 말 것인가. 내가 이 비밀을 감당할 수 있을까. 아니면 슈나이더 씨처럼 비밀 때문에 괴로워하게 될까.

내가 대답을 망설일수록 세 사람은 더욱 초조해했다.

“어떻게 해야 할지 모르겠어요.”

나는 아주 조그만 소리로 말했다.

“전 아무것도 몰라요.”

*별

계단은 어두웠다. 나는 약속한 신호대로 살그머니 노크를 했다. 한 번, 그리고 한참 쉬었다가 두 번, 또 잠깐 쉬었다가 세 번.

집 안에서 조심스럽게 소리가 나는 것이 들렸다. 누군가 문을 열고 있었다. 여전히 어두웠다. 손 하나가 문설주를 따라 미끄러져 내렸다. 자물쇠가 찰칵거리더니 문이 열렸다. 문설주와 문 사이의 검은 틈이 점점 넓어졌다.

내가 이름을 작은 소리로 속삭이고 나서야 문이 활짝 열렸다. 나는 미끄러지듯이 들어가 문이 다시 살그머니 닫힐 때까지 어두운 복도에서 가만히 기다렸다. 어떤 손이 내 소매를 잡아끌었다. 그 손의 감촉으로 그가 랍비라는 것을 알 수 있었다.

우리는 조용히 거실 문까지 걸어갔다. 랍비가 손끝으로 문을 확인한 뒤 몸으로 문을 밀었다. 거실에도 역시 불이 없었다.

랍비와 내가 방에 들어가니, 그제야 성냥을 그어 초에 불을 붙였다.

거실은 황량하기 짝이 없었다. 문이란 문에는 모두 두꺼운 커튼이 드리워져 있었다. 전에 가구가 있던 자리에는 자국이 허옇게 남아 있었다. 방바닥에는 낡은 이불, 매트, 그리고 누더기를 끌어모은 이부자리가 펼쳐져 있었다. 방 한가운데 있는 탁자가 아직까지 사용할 수 있는 유일한 가구 같았다. 탁자 위에는 은으로 된 자바트 촛대에서 초가 타고 있었다.

"프리드리히는 어디 있어요?"

내가 물었다. 탁자 뒤에 앉아 있던 슈나이더 씨는 어깨를 으쓱했다.

"아는 사람한테 갔어. 통행금지 시간이 되어 집에 못 왔단다. 내일까지 거기에 있겠지."

랍비가 다시 의자에 앉았다. 그는 바닥에서 낡은 외투를 집어 들었다.

"네 눈이 우리보다 더 좋겠지. 바늘에 실을 좀 꿰어 줄 수 있겠니?"

랍비는 나에게 바늘 하나와 검은색 실타래를 주었다. 내가 실 끝을 바늘귀에 넣으려고 애쓰는 동안 랍비가 말했다.

"그러니까…… 일이 또 그렇게 되어 버렸구나. 우리는 다시 노란 별을 달아야 해."

그러면서 랍비는 탁자 위에 놓여 있는 노란 별을 보여 주었다.

그는 검은 테두리가 그려진 작은 접시 크기의 노란 별을 왼쪽 가슴에 달아야 한다고 했다. 다윗의 별 모양이었다.[45] 한가운데는 히브리어와 비슷한 글자로 '유대인'이라고 수놓아져 있었다.

슈나이더 씨가 자리에서 일어났다. 마치 무대에서 관중을 내려다보듯이 내 앞에서 고개를 숙였다. 그런 다음 자기의 목도리를 풀어서 의자 위에 걸쳐 놓았다. 오른손으로 자기 왼쪽 가슴을 가리켰다. 외투에 노란 별이 달려 있었다. 슈나이더 씨가 외투 단추를 풀자 양복 윗도리에도 노란 별이 달려 있었다. 조끼 위에도 마찬가지였다.

슈나이더 씨는 비웃듯이 말했다.

"그 시절 유대인들은 끝이 뾰족한 노란색 모자를 써야 했지. 그런데 이번에는 노란 별이야. 우린 중세 시대로 되돌아갔다구!"

랍비가 말을 이었다.

"그 다음에는…… 다음에는 아마 우릴 불태워 죽일 거야. 중세 시대처럼!"

"그런데 왜 그러는 거예요?"

"왜냐구?"

랍비가 나지막한 소리로 내 말을 되뇌었다.

"왜냐구? 누가 고귀하고 누가 비천한지는 하늘에서 정해진 단다. 주님, 그 이름도 거룩할지라. 주님은 모든 민족들 가운데 서 우리를 선택하셨지. 우리는 특별하기 때문에, 단지 우리가 특별하다는 이유로 사람들은 우리를 핍박하고 죽인단다."

슈나이더 씨는 다시 자리에 앉으며 평소 프리드리히가 앉던 상자를 가리켰다. 랍비는 방금 옷에 단 별을 가만히 쓰다듬었 다. 그는 바늘을 한쪽으로 치우고 안경을 벗었다. 가물거리는 촛불 너머로 어두운 방 안을 둘러보았다. 그리고 조용한 목소 리로 이야기하기 시작했다.

✻ 살로몬

어느 날 고문관들이 왕 앞으로 나아갔다.

"주인이시여, 당신의 전사들이 당신에게 봉사하기 위해 오랫동안 기다렸습니다. 군인들은 전쟁이나 반란에서 포획물을 얻지 못하여 월급이 형편없습니다. 그들은 하는 일 없이 나쁜 일을 계획하면서 버티고 있을 뿐입니다. 주인이시여, 제발 저들에게 적을 정해 주십시오. 저들이 자기 나라의 민중들을 몰아 내는 일이 일어나지 않도록 하려면 말이지요."

왕은 근심 어린 표정으로 깊이 생각하고 나서 고문관들에게 말했다.

"군인들이 그렇게 나쁜 짓을 하고 싶어한다면 그들에게 유대인 박해를 허락한다. 그러니 이 나라의 도시 중 하나를 골라 유대인을 쫓아 내라. 노획물의 삼분의 일은 왕께 바치고 나머지는 군인들이 가져도 좋다."

그들이 골라 낸 도시에는 신앙심 좋은 유대인 세 명이 살고 있었다. 아버지의 이름은 슐로이메이고 그의 아내는 깃텔이었다. 이 부부는 아들의 이름을 살로몬이라고 지었다. 세 사람은 신을 경배하고 그의 율법을 따랐다. 살로몬의 부모는 소문을 통해서 왕의 계획을 듣게 되었다.

아버지 슐로이메는 아내 깃텔을 조용히 불러 말했다.

"우리는 이미 늙었으니 도망간들 무슨 소용이겠소. 우리는 멀리 가지도 못 하고 잡혀 죽을 것이오. 만약 우리가 도망가는 데 성공하더라도 고난을 겪을 것이오. 그러니 우리가 가지고 있는 모든 것을 팔도록 합시다. 그 돈으로 살로몬은 좀더 안전하게 보호 받을 수 있을 것이고 다른 나라로 피신할 수도 있을 것이오. 주님의 평화가 그를 보호하리라."

깃텔은 슐로이메의 결정에 따른다는 뜻으로 고개를 깊이 숙였다. 깃텔은 순종적인 목소리로 말했다.

"당신이 옳다고 생각하는 대로 행동하세요. 주님의 뜻은 끝이 없으며, 어느 누구도 주님의 길을 꼬치꼬치 캐지 않습니다."

슐로이메와 깃텔은 그들의 재산, 옷가지가 들어 있는 궤짝, 심지어 이부자리까지 헐값으로 팔아 버렸다. 그리고 그 돈으로 살로몬이 떠날 채비를 도왔다. 그러나 살로몬과 작별을 하기도 전에 왕의 전사들이 그 곳에 들이닥쳤다.

사람들의 두려움과 놀라움은 커져 갔다. 온 도시가 와자지

껄했다.

유대인들은 무릎을 꿇고 자비를 애걸했다. 하지만 전사들은 노획물에 대한 탐욕으로 동정심을 잃었다. 전사들은 집 안에 들어와 살아 있는 자는 죽이고, 죽은 자는 능욕했다. 그들은 은으로 만든 잔과 외양간의 소를 도적질했다. 쓸모 없다고 생각되는 물건들은 완전히 파괴시켜 버리거나 불태워 버렸다.

슐로이메와 깃텔은 군인들이 다가오는 소리를 듣고 아무것도 모르는 살로몬을 안전한 곳에 숨겨서 보호하기로 했다. 그들은 왕의 군인들과 맞닥뜨렸다. 군인들은 보물을 찾아 마음대로 집을 뒤졌으며, 슐로이메에게 모든 방을 다 보이라고 위협하며 명령했다. 슐로이메는 기꺼이 지하실에서 광까지 인도했다. 그들에게 모든 곳을 보여 주었지만 아들을 숨긴 곳만은 끝내 보여 주지 않았다.

"우리 늙은이들은 가난해요. 우리는 집 말고는 아무것도 가진 것이 없어요."

군인들은 그 말을 믿지 않고 계속 뒤졌으나 모두 헛수고였다. 그들은 슐로이메에게 놀림을 당했다고 생각했다. 그래서 슐로이메에게 화를 내고 그를 땅바닥에 내동댕이쳤다. 그러고는 길길이 날뛰며 슐로이메의 아내 깃텔을 칼로 찔러 능욕했다. 그 다음 그들은 다른 곳을 약탈하기 위해 계속 달려갔다. 슐로이메는 피를 흘리며 고통스러워하는 깃텔을 부축하여 문 밖으로 나가면서 죽어 가는 목소리로 말했다.

"우리는 오직 여기에서만 죽는 것이 허락되어 있도다, 여기에서만! 우리는 죽어 가면서도 살로몬을 지킬 것이다!"

그러자 신음하던 깃텔이 그의 말에 고개를 끄덕였다. 그리고 피 묻은 손으로 얼굴을 가리고 기도하기 시작했다.

"주는 전능하시며 그 인내는 언제까지나 영원하리라!"

그렇게 기도를 마친 깃텔은 죽었다. 슐로이메 역시 자신의 생명이 꺼져 가는 것을 느꼈다. 그는 문지방 위, 아내 옆에 누워 도적질하는 무리가 방으로 들어가지 못하도록 입구를 몸으로 막았다.

칼에 찔려 온몸에서 피가 강물처럼 흐르는 동안, 슐로이메는 눈물로써 신께 기도했다.

"주여, 나의 주여, 왜 가셨나이까? 저는 울부짖지만 도움은 멀리 있습니다. 낮이나 밤이나 외칩니다. 당신은 성스러우며, 당신의 이름은 찬송 받으리라! 나의 아버지도 주께 희망을 걸었고, 그리하여 당신께서 그를 도와 주셨나이다. 모든 이들이 당신께로 도망쳐서 구원되었나이다. 그러나 저는 그저 한 마리 벌레에 지나지 않으며, 인간이 아니오니⋯⋯."[46]

기도를 올리는 중에 그는 세상을 떠났다. 그의 피와 깃텔의 피가 고여 웅덩이를 이루었다.

노획물을 찾는 왕의 군인들은 죽은 슐로이메와 깃텔에게 침을 뱉었지만, 피범벅이 된 부부의 시체를 감히 넘어가려고 하는 사람은 없었다.

살로몬은 은신처에 가만히 숨어 있었던 덕에 군인들의 눈을 피해 무사할 수 있었다. 그의 부모는 죽음 속에서도 아들을 보호했던 것이다.

공포와 죽음이 이틀 내내 도시를 휩쓸었다. 연기 나는 폐허와 시체의 언덕만이 용병들의 앞길을 가로막고 있을 뿐이었다.

살로몬은 군인들이 떠나가고 난 뒤 부모님의 주검을 발견했다. 부모님의 희생을 예상하고 있었으며, 자신의 생명을 구하기 위해 목숨을 바친 의로움을 짐작할 수 있었다. 살로몬은 서글픈 마음으로 부모님의 무덤을 만들었다. 성경에 나오는 관습에 따라 맨발로 죽은 이들을 경배하며 애도를 표하고 나서 아무 말 없이 7일을 고향 땅에 쪼그리고 앉아 있었다.[47] 그리고 마침내 평화를 찾기 위해 고향을 떠나 먼 곳으로 갔다.

그 동안 왕의 군인들은 또 다른 도시를 황폐화시켜도 좋다는 새로운 명령이 떨어지기만을 기다리고 있었다.

*방문

　우리가 잠자리에 들었을 때, 아래층에서 무슨 소음이 들려 왔다. 많은 남자들이 위층으로 올라가 초인종을 눌렀다. 아무도 문을 열지 않자 남자들은 주먹으로 문을 두드리며 소리질렀다.

　"빨리 문 열어. 경찰이다!"

　슈나이더 씨 집에서는 인기척이 전혀 없었다.

　아빠와 엄마는 외투를 걸치고 복도로 나갔다. 나도 부모님을 뒤따랐다. 우리는 문 뒤에서 두려움에 몸을 떨며 귀를 기울였다. 아래층에서 레쉬 씨의 목소리가 들렸다.

　"잠깐만요. 문을 억지로 열지 마십시오! 나한테 열쇠가 있어요. 내가 문을 열어 드리죠."

　레쉬 씨는 거칠게 숨을 몰아쉬며 끙끙 계단을 올라왔다.

　"돼지 같은 자식!"

　아빠가 말했다.

사람들이 열쇠로 문을 여는 소리가 들렸다. 문이 삐꺼덕 소리를 내며 열렸다.

"손들어!"

누군가 소리쳤다. 그러더니 조용해졌다. 무거운 발자국 소리만 머리 위에서 울려 퍼졌다.

"나가자!"

아빠가 말하자 우리는 모두 층계로 나와 섰다.

곧 첫 번째 남자가 끌려 나왔다. 야구 모자에 두꺼운 모직 방수 외투를 입고 있었다.

아빠는 엄마와 나를 팔로 감싸안았다. 우리는 그대로 서 있었다. 그 다음에 나온 사람은 랍비였다. 랍비는 수갑을 차고 있었다. 젊은 남자 하나가 그를 데리고 나오면서, 우리를 보고 싱긋 웃었다.

랍비는 처음에는 아빠를, 그 다음에는 나를 바라보고는 고개를 떨어뜨렸다. 맨 마지막으로 슈나이더 씨가 계단을 내려오고 있었다. 승마바지를 입은 키 작은 남자가 슈나이더 씨를 데리고 나와 수갑을 채웠다. 슈나이더 씨는 아빠를 보자, 커다란 소리로 말했다.

"당신 말이 맞았소……."

그러자 키 작은 사내가 주먹으로 슈나이더 씨의 입을 때렸고, 슈나이더 씨는 비틀거렸다. 슈나이더 씨는 입을 다물었지만 아랫입술에서 피가 흘렀다. 슈나이더 씨는 다시 우리 모두를 쳐다보았다. 포기한 듯이 어깨를 으쓱하고는 키 작은 남자에게 질질 끌려갔다. 남자들은 슈나이더 씨 집 문을 잠갔다.

레쉬 씨가 절박하게 부르짖었다.

"한 사람이 빠졌어요. 당신들이 한 사람을 빼놓았다구요!"

그러자 누군가 카랑카랑한 목소리로 말했다.

"우린 그 자도 잡을 거요!"

몸이 마른 남자 한 명이 계단을 뛰어내려갔다. 그는 빨간 서류철을 손에 들고 있었다. 우리가 계단에 서 있는 것을 보고 엄지손가락으로 우리 집 문을 가리키며 '들어가시오!' 하고 호통을 쳤다.

그 모든 일이 끝나고 나자 레쉬 씨는 끙끙거리며 계단을 내려갔다. 그는 잠옷만 걸치고 있었다. 그는 웃음을 짓고 두 손을 털면서 아빠에게 말했다.

"귀찮은 임차인을 떼어 버렸소. 그리고 아주 멋진 새 한 마리도 잡았단 말이오!"

아빠는 몸을 돌려 우리를 집 안으로 밀어넣었다. 그러고는 쾅 소리가 나도록 문을 세게 닫았다.

*죽은 사람의 물건을 훔치는 도둑

그 날 밤은 아무도 잠을 자지 못했다. 아빠는 불안하게 이리 저리 몸을 뒤척였고, 엄마는 울었다. 그리고 나는 슈나이더 씨를 생각했다. 다음 날 아침, 우리는 아무도 특별한 볼일이 없었지만 모두 일찍 일어났다.

엄마가 말했다.

"프리드리히가 집으로 오면 그 애를 잡아 두어야 해. 자기네 집에 들어가게 해서는 안 돼."

아빠도 엄마의 생각에 찬성했다.

"우리가 그 애를 준비시켜야 해."

엄마는 아침을 먹지 않았다. 아빠도 커피를 조금 마셨을 뿐이다.

나는 우리 집 현관문 뒤에 앉아서 프리드리히를 기다리고 있어야 했다. 엄마가 내 아침 식사를 그 쪽으로 갖다 주었다.

나는 음식을 씹으면서 계단에서 나는 소리에 귀를 기울였다. 바깥은 매우 소란스러웠다. 문이 탕탕거렸고, 발자국 소리가 들렸다. 하지만 모두 프리드리히의 발자국 소리는 아니었다.

나는 밥을 다 먹고 난 다음 그릇을 한데 모아 부엌에 갖다 놓았다. 바로 그 순간, 프리드리히가 계단을 뛰어 올라왔다.

"프리드리히야!"

엄마는 깜짝 놀라 눈을 동그랗게 뜨고 소리를 죽여 말했다. 엄마의 온몸이 뻣뻣해졌다. 나는 정신을 차리지 못하고 허둥대며 그릇을 놓을 빈 자리를 찾고 있었다. 그러다가 엄마의 손에 그릇을 건네 주었다. 엄마는 숨이 차서 말했다.

"어서 뛰어가!"

나는 계단을 뛰어 올라가 프리드리히를 뒤쫓았다. 하지만 프리드리히는 벌써 집 안에 들어가 있는 것이 분명했다.

슈나이더 씨 집 문은 열려 있었다. 나는 프리드리히를 찾기 위해 집 안으로 들어섰다. 프리드리히는 거실에 있었다. 그는 두 발을 벌린 채 문을 가로막고 서 있었다.

프리드리히는 꼼짝하지 않고 레쉬 씨를 뚫어지게 노려보고 있었다. 레쉬 씨는 거실 바닥에 무릎을 꿇고 앉아 하얗게 질린 얼굴로 프리드리히를 돌아보았다. 그의 오른손은 침대 매트 사이에 들어가 있고, 왼손은 쭉 뻗어 프리드리히를 피하고 있었다. 레쉬 씨는 마치 비석처럼 그 자리에 앉아 있었다. 손가락만 가늘게 떨 뿐이었다.

바닥에는 레쉬 씨 부인의 쇼핑백이 있었다. 쇼핑백은 슈나이더 씨의 책으로 가득찼다. 그리고 램프 두 개가 쇼핑백에서 비죽이 삐져나와 있었다. 나머지 짐은 슈나이더 씨의 이불보로 덮어 씌워진 채였고, 은으로 된 자바트 촛대만은 그대로 바깥에 놓여 있었다. 촛대가 너무 커서 쇼핑백에 들어가지 않았기 때문이었다. 종이, 사진, 편지 따위가 방바닥을 뒤덮고 있었다. 누군가 뒤져 보고 아무렇게나 흩어 놓은 것이었다.

슈나이더 씨가 의자로 사용하면서 살림살이를 넣어 두었던 궤짝은 옮겨 갈 모든 준비를 끝낸 상태로 문가에 놓여져 있었다. 그 위에는 슈나이더 씨의 조그만 도구상자가 얹혀 있었다.

방 안에는 아무 소리도 들리지 않았다. 숨소리조차 들을 수 없었다. 거리에서는 사람들이 모여 이야기를 하고 있었다.

방 안의 고요는 끔찍했다. 밖에서 차 한 대가 지나가고 있었다.

내 가슴이 쿵쾅대는 소리 때문에 나는 미칠 것만 같았다. 감히 움직일 수조차 없었다. 그 숨 막히는 순간은 영원히 끝나지 않을 것처럼 길고 길었다. 그 때 프리드리히가 레쉬 씨의 얼굴에 침을 뱉었다. 그리고 소리쳤다.

"죽은 사람의 물건을 훔치는 도둑놈! 도둑놈!"

침은 레쉬 씨의 볼을 타고 입 위로 천천히 흘러내렸다. 레쉬 씨는 소매로 얼른 침을 닦아 냈다. 그는 흥분해서 헉헉거리기 시작했다. 그의 얼굴로 핏기가 쏠렸고 온몸을 벌벌 떨기 시작했다. 그는 들고 있던 자바트 촛대를 떨어뜨렸다. 다시 한 번 손을 뻗었을 때서야 촛대를 움켜쥘 수 있었다.

프리드리히는 꼼짝도 하지 않고 여전히 문 앞에 서 있었다. 레쉬 씨는 힘들게 몸을 일으켜 세웠다. 휘파람 소리 같은 숨을 내쉬며 레쉬 씨는 은촛대를 쥔 손을 들고 프리드리히 쪽으로 휘청거리며 다가갔다. 프리드리히는 피하지 않았다.

"사람 살려!"

레쉬 씨의 목소리가 온 집 안에 울려 퍼졌다.

"강도야!"

프리드리히는 조용히 서두르지 않고 몸을 돌렸다. 그리고 마침내 나를 보았다. 나는 그에게 뭔가 신호를 보내려고 했다.

레쉬 씨가 찢어지는 소리로 계속 외쳐 댔다.

"유대인이다! 잡아라! 경찰을 불러!"

프리드리히는 나와 눈을 마주치고 고개를 끄덕거렸다. 그러고는 내 옆을 지나쳐서 계단을 뛰어내려가 집 밖으로 나가 버렸다.

*
사진

아빠가 신문을 들고 시계를 쳐다보더니 말했다.

"한 시간 후에는 그 사람들이 여기에 올 거야!"

우리가 가진 가장 중요한 물건이 담긴 조그만 트렁크 세 개가 언제라도 들고 나갈 수 있게 문 옆에 놓여 있었다. 외투는 모두 의자에 걸쳐 놓았다. 엄마가 아빠에게 물었다.

"가기 전에 잠시라도 눕지 않을래요?"

"아니, 나중에 눈을 붙이면 되지."

사방이 다시 아주 고요해졌고, 들리는 소리라고는 째깍거리는 시계 소리뿐이었다. 나는 책을 계속 읽었다.

바깥에서 갑자기 나지막한 인기척이 났다. 아주 작은 소리였다. 나는 귀를 기울였다. 하지만 나 말고는 아무도 그 소리를 듣지 못한 것 같았다. 그 때 다시 아주 약하게 노크 소리가 났다. 아빠도 신문에서 고개를 들었다.

"누가 우리 집 문을 두드렸어요."

내가 말했다. 우리는 숨을 멈추고 귀를 기울였다. 그러자 다시 한 번, 으스스한 기분이 들 정도로 약하게 누군가 문을 두드렸다.

"저건 프리드리히의 신호예요!"

내가 소리치며 벌떡 일어났다. 그러사 아빠기 내게 소리쳤다.

"조용히! 넌 여기 있어!"

아빠는 다시 나를 의자에 눌러 앉혔다.

"엄마가 알아볼 거다."

엄마는 소리 없이 나갔다가 프리드리히를 데리고 다시 나타났다. 프리드리히는 외투 깃을 높이 세우고 있었다. 외투는 더러움에 찌들어 뻣뻣했다. 프리드리히는 살그머니 식탁에 다가와 아빠와 내게 손을 내밀었다. 손이 더러웠다. 프리드리히는 불안해하며 우리 얼굴과 방 안을 둘러보았다. 그런 뒤 작은 소리로 속삭였다.

"난 금방 다시 갈 거예요."

아빠가 그 상황을 정리했다.

"우선 앉아 봐라."

프리드리히는 뻗대면서 외투조차 벗지 않으려고 했다. 하지만 결국엔 옷을 벗었다. 윗옷과 바지에 덕지덕지 때가 엉겨 붙어 있었고, 셔츠를 입고 있지 않았다. 그 모습을 본 엄마가 방을 나가자 프리드리히는 깜짝 놀라 자지러졌다.

아빠는 아무것도 묻지 않았고, 아무 말도 하지 않았다. 그저 눈빛으로 프리드리히가 자기 얘기를 하도록 용기를 주었다. 프리드리히가 더듬거리며 이야기를 시작하기까지는 한참이 걸렸다.

"저는 숨어서 지내고 있어요. 하지만 그게 어딘지는 말하지 않겠어요."

프리드리히는 발끈하며 말했다. 아빠가 프리드리히를 안심시켰다.

"그래, 말하지 않아도 돼."

"끔찍해요. 이렇게 혼자서……. 자꾸 옛날 생각만 나요. 하지만 전 많은 것을 잊어버렸어요. 이젠 아빠와 엄마를 제대로 떠올릴 수도 없어요. 부모님을 기억할 만한 게 아무것도 없어요. 시계도 팔아야 했거든요. 하지만 이것만은 아직까지 가지고 있어요."

프리드리히는 안주머니에서 자기 이름이 새겨진 만년필 뚜껑을 꺼냈다. 노이도르프 선생님이 열세 번째 생일 선물로 준 만년필 뚜껑이었다.

"이 뚜껑만 남고 만년필은 없어졌어요. 아마 주머니에서 빠졌나 봐요."

프리드리히는 애틋하게 만년필 뚜껑을 매만졌다.

엄마가 살그머니 문을 열자, 프리드리히는 또 깜짝 놀라 움찔거렸다. 엄마는 프리드리히에게 속을 가득 채워 넣은 커다란 빵을 내밀었다. 그리고 프리드리히 옆에 지켜 서 있었다. 엄마는 프리드리히가 빵을 허겁지겁 먹어 치우는 것을 보고 다시 부엌으로 갔다.

프리드리히는 빵을 집어 삼켰다. 감사하다는 말도 잊은 채 열심히 먹었다. 빵을 먹는 일 이외에는 더 이상 아무것도 신경 쓰지 않았다. 그는 마지막 한 입까지 꿀꺽 삼켜 버린 뒤 접시에 떨어진 빵 조각을 긁어 먹었다. 엄마가 접시에 빵 두 개를 더 놓아 주자 그 두 조각 역시 재빨리 먹어 치웠다.

그러고 나서 프리드리히는 다시 이야기를 시작했다.

"엄마 아빠의 사진이 필요해요. 그걸 가지고 계신 걸 알기 때문에, 오직 그 이유 때문에 여기 왔어요. 입학식 때 기다란 목마를 타고 찍은 사진 말이에요. 아저씨가 그 사진을 갖고 계시다는 걸 알아요. 그거 저한테 주세요."

프리드리히는 이렇게 말한 뒤 다시 입을 다물었다. 아빠는 곰곰이 생각했다.

"그 사진은 커다란 상자에 들어 있을 거예요."

엄마는 장롱에 가서 커다란 초콜릿과자 상자를 들고 왔다. 그것은 아빠가 최근에 다시 일자리를 얻고 나서, 결혼 10주년 기념으로 엄마에게 선물한 것이었다. 엄마가 상자를 열자, 맨 위에 얹어진 사진들이 식탁 위로 떨어졌다.

"그럼 내가 얼른 찾아보마."

아빠는 재빨리 사진을 한 장 한 장 상자 뚜껑에 옮겨 담기 시작했다.

"그 동안 너는 이리 좀 와라."

엄마가 프리드리히에게 말했다. 엄마는 욕탕에 프리드리히가 몸을 씻을 물을 받아 두고는 내 옷가지들을 준비해 주었다. 처음에 프리드리히는 씻지 않겠다고 고집을 부렸다. 하지만 결국 엄마 말대로 했다.

상자에는 수백 장의 사진들, 기념카드, 축하카드 들이 들어 있었다. 아빠와 나는 열심히 찾아보았다. 우리가 상자 속의 사진이며 카드 중 반도 다 보지 못했는데, 사이렌이 울리기 시작했다.

프리드리히는 목욕하다 말고 깜짝 놀라 뛰어 나왔다.

"전 이제 어떻게 해야 하나요?"

아빠가 대답했다.

"우선 옷부터 챙겨 입어라."

프리드리히는 순순히 새 셔츠의 단추를 채웠다. 그리고 덜덜 떨며 빗질도 했다.

엄마가 계획을 말했다.

"저 애도 지하 대피소에 같이 데리고 가요."

아빠가 반대를 했다.

"그건 안 돼! 레쉬가 우리를 교도소에 보낼 거요."

"하지만 저 애를 지금 길거리로 내보낼 수는 없잖아요. 저 애 모습을 좀 봐요."

아빠가 말했다.

"가장 좋은 방법은 여기, 이 집 안에 있는 거야. 그럼 아무 일도 없을 거야. 경보가 풀릴 때까지 여기서 기다릴 수 있어. 그러고 나서 계속 사진을 찾아보자."

프리드리히는 어쩔 수 없이 아빠의 결정을 받아들였다.

"하지만 절대 불빛이 새어 나가게 해서는 안 돼, 프리드리히!"

아빠는 프리드리히에게 단단히 주의를 주었다.

우리는 트렁크를 들고 공습 대피소로 향했다. 프리드리히는 겁에 질린 얼굴로 우리 뒷모습을 바라보았다.

바깥에는 벌써 고사포가 날고 있었다. 탐조등이 하늘에서 어른거렸다. 비행기가 윙윙거리고, 파편 조각이 굉음을 내며 아래쪽으로 떨어졌다.

갑자기 우리 머리 위에서 조명탄 두 개가 큰 소리를 내며 펼쳐졌다. 그 모습이 마치 크리스마스트리처럼 보였다.[48]

* 지하실에서

공습 대피소의 출입구는 벌써 닫혀 있었다. 아빠는 트렁크를 내려놓고 문손잡이를 이리저리 돌렸다. 그래도 문이 열릴 기미가 보이지 않자, 철문을 주먹으로 두드렸다.

레쉬 씨가 문을 열어 주었다. 그는 방공 감시원이라는 것을 나타내는 철모를 쓰고 완장을 두르고 있었다.

"시간이 다 됐소!"

그가 불만스럽게 중얼거렸다. 아빠는 아무 대꾸도 하지 않았다.

통로를 지나 대피실로 들어서면서 우리는 '히틀러 만세!' 하고 인사를 했다. 그러나 아무도 대꾸하지 않았다.

여자들과 나이 많은 남자들이 눈을 감은 채 대피실 안에 여기저기 흩어져 앉아 있었다. 어떤 사람들은 벤치에 누워 있었다. 모두들 자기 옆에 짐을 놓아 두었다. 조그만 아이를 데리고 있는 엄마 두 명이 어두운 구석에 쪼그리고 있었다. 아이들은 칭얼댔다. 다른 구석에는 연인 한 쌍이 서로 몸을 휘감고 앉아 있었다. 그 남자는 육군상사였다.

우리는 공기청정 펌프 옆에 앉았다. 그 곳이 우리에게 지정된 자리였던 것이다. 우리는 비상용 트렁크를 다리 사이에 내려놓았다.

아빠는 축축한 흰 벽에 몸을 기대고 눈을 감았다.

엄마가 말했다.

"그렇게 하면 기침이 절대로 떨어지지 않을 거예요."

아빠는 바로 앉으며 말했다.

"어차피 잠도 못 잘 텐데!"

엄마가 말했다.

"그럴 거예요."

레쉬 씨는 방공 감시원으로서 대피실 안을 가로질러 다녔다.

"어이, 동지. 휴가요?"

레쉬 씨가 육군상사에게 말을 붙였다. 육군상사는 깜짝 놀라 몸을 일으키고는 똑바로 앉았다.

"그렇소!"

"오늘 밤에도 저기 위에 있는 저들에게 우리 편이 다시 한 번 맛 좀 보여 줄 거요. 신문 읽었소? 어제 서른다섯 발의 적군 폭탄을 적중시켜 떨어뜨렸대요."

레쉬 씨의 말에 상사는 빙긋 웃었다.

"그래서 오늘은 또 삼백오십 발의 새 폭탄이 오지요. 게다가 이자로 천 발 더 붙어서요."

레쉬 씨는 으흠 헛기침을 했다. 그는 더 이상은 한 마디도 하지 않고 몸을 돌려 통로로 돌아갔다.

상사는 다시 애인을 품에 안았다.

바깥에서는 점점 더 심하게 포성이 울렸다. 고사포 발사 소리는 이상하게 텅 빈 듯이 울렸다. 끊이지 않고 쏘아 대는 바람에 우리 머리 위로 바퀴가 굴러가는 것 같았다. 고사포를 쏘는 중간중간에 폭탄이 터졌고, 하나씩 터지다가 여러 개가 연속으로 터지기도 했다. 이미 융단 폭격이 시작됐다. 그 바람에 지하실이 우르릉 울렸다. 엄마가 나지막하게 한숨을 쉬었다.

"불쌍한 애 같으니!"

아빠는 그저 '흠······.' 하며 아무 말도 하지 않았다.

레쉬 씨는 복도에서 대피실로 퇴진했다. 그는 두 번째 문도 걸어 잠갔다.

바깥에서는 다시 폭탄이 터지는 굉음이 났다. 이번에는 더 가까운 곳에 떨어졌는지 지하실 벽이 부르르 떨릴 정도였다.

그 때 문 밖에서 누군가 문을 두드렸다.

"이렇게 늦게 또 올 사람이 있나?"

레쉬 씨는 대피실 안을 둘러보았다.

육군상사가 앉은 자리에서 소리쳤다.

"문을 열어 주시오!"

레쉬 씨는 두 번째 문의 고리를 열었다. 누군가 지하실 앞에서 흐느껴 울고 있었다.

"제발, 제발……. 안으로 들어가게 해 주세요! 제발, 제발요!"

"프리드리히!"

엄마가 불쑥 소리쳐 불렀다. 엄마는 깜짝 놀라 눈을 동그랗게 뜨고 멍하니 입을 벌리고 있었다.

"열어 줘요! 문을 열어 줘요!"

바깥에서는 두려움에 떨며 애원하는 소리가 들려 왔다.

"제발 열어 줘요!"

레쉬 씨가 철문을 열었다. 문 앞에는 프리드리히가 무릎을 꿇고 두 손을 빌었다.

"무서워요! 무서워! 무서워! 무서워!"

프리드리히는 두 손을 바닥에 짚고 기어서 복도 안으로 들어왔다. 문이 열린 틈으로 우리는 바깥에서 벌어지는 지옥 같은 광경을 보고 들을 수 있었다. 바람이 들어오면서 문이 꽝 하고 닫혔다.

"나가!"

레쉬 씨가 소리쳤다.

"꺼져! 우리가 널 안으로 들여보내 줄 거라고는 꿈도 꾸지 마!"

레쉬 씨는 다시 숨을 거칠게 헐떡거리며 고함을 질렀다.

"나가! 썩 꺼져!"

육군상사가 일어나 복도로 갔다.

"미쳤소? 얘를 이 공습 중에 지하실 바깥으로 쫓아 버릴 수는 없소!"

"얘가 누군지 아시오? 유대인이오!"

레쉬 씨가 자기 입장을 변호했다.

"그래서요?"

육군상사는 놀라서 되물었다.

"비루먹은 개라고 해도 공습이 지나갈 때까지는 안에 있게 하시오!"

공습 대피소 안에 앉아 있던 나머지 사람들도 모두 한 마디씩 거들었다.

"아이를 안에 있게 해야 해요!"

사방에서 소리가 들려 왔다.

레쉬 씨는 육군상사에게 고함을 질러 댔다.

"대체 무슨 생각을 하는 거요? 내 일에 웬 참견이야? 여기 방공 감시원이 누구야, 당신이요 아니면 나요? 당신은 내가 지시하는 대로 따르시오, 알겠소? 안 그러면 당신을 고발하겠소.”

육군상사는 엉거주춤하게 일어나서 프리드리히를 오랫동안 바라보았다. 모두들 아무 말이 없었다. 바깥의 시끄러운 소음만이 안으로 밀려 들어왔다.

프리드리히는 여전히 창백한 얼굴로 통로에 몸을 기대고 있었다. 어느새 프리드리히는 다시 침착해져 있었다.

“얘야, 가라! 그냥 가! 네가 안 가면 시끄러운 일만 있을 뿐이다.”

육군상사가 타이르듯이 조그맣게 말했다.

프리드리히는 말없이 대피실을 떠나갔다.

바깥에서는 쉴 새 없이 폭탄이 떨어져 어딘가에 적중되었다. 폭탄이 떨어지면서 내는 소리와 아래로 떨어지는 소이탄 소리까지 들려 왔다. 엄마가 흐느끼며 아빠의 어깨에 기댔다.

“여보, 정신 차려요!”

아빠가 애원하듯이 말했다.

“당신이 그러면 우리 모두 불행해져.”

*종말

밖으로 나가자 우리를 맞이한 것은 먼지와 폭탄의 열기였다. 하늘은 불기로 벌겋게 변했다. 지붕 위와 뚫린 창문에서 불길이 활활 타올랐다. 거리에는 유리 파편과 벽돌 조각이 흩어져 있었다. 그리고 빗나간 소이탄 마개가 나뒹굴었다.

절망에 빠진 여자들이 폐허 앞에서 울부짖었다. 폐허 위로는 벽돌 가루와 모르타르 입자가 무거운 구름처럼 대기 속에 퍼져 있었다. 정원 담 옆에 어떤 사람이 누워 있었다. 누군가 너덜너덜 넝마조각 같은 페티코트를 그의 얼굴에 던졌다.

우리는 엄마를 부축하며 집으로 가는 길을 찾고 있었다. 레쉬 부인이 우리를 따라왔다.

우리 집 근처의 도로는 수류탄 때문에 쩍 갈라졌다. 하지만 집은 그대로 서 있었다. 지붕은 부분적으로 떨어져 나갔고, 창문 유리가 다 깨지고 남아 있지 않았다.

우리는 집 앞 정원에 들어섰다. 레쉬 씨는 조그만 잔디밭 위를 곧장 달려갔다. 그는 정원의 난장이 폴리카르프를 들어올렸다. 폭탄 조각 때문에 난장이의 뾰족 모자 꼭지가 날아가 버리고 없었다. 레쉬 씨는 그 꼭지를 찾아 여기저기를 헤맸다. 간밤의 공습으로 생긴 검붉은 재 속에서 모자 꼭지를 발견한 레쉬 씨가 아빠에게 말했다.

"안타깝군! 다시 붙일 수 있는지 봐야겠어."

엄마는 겁에 질린 얼굴로 프리드리히를 찾아 두리번거렸다. 프리드리히는 고개를 푹 숙인 채 집 입구의 그늘 속에 앉아 있었다. 눈은 감고 있었고 얼굴은 창백했다.

"당신 미쳤소?"

아빠는 자신도 모르게 불쑥 말을 내뱉었다. 그 바람에 레쉬 씨도 프리드리히의 존재를 눈치채게 되었다.

아빠는 여전히 엉거주춤하게 정원 돌길 위에 서서 기다리고 있었다. 누가 봐도 아빠가 어쩔 줄 몰라 하고 있다는 걸 알 수 있었다. 레쉬 씨는 자기 아내를 옆으로 밀치고 다가갔다. 그는 정원을 지켜 주는 난쟁이 폴리카르프를 안고 있었다.

"꺼져!"

레쉬 씨는 프리드리히에게 소리쳤다.

"이런 공습 뒤에는 질서가 없어 엉망진창이니까, 네놈이 무사할 수 있다고 생각하는 거지?"

엄마가 날카롭게 소리질렀다.

"당신 눈에는 보이지도 않아요? 이 애는 기절했어요!"

레쉬 씨는 비웃음을 머금고서 엄마를 바라보았다.

"이놈이 빨리 정신을 차리게 해 주겠소. 그렇지만 유대인에 대한 부인의 동정에는 정말 놀랐소. 그것도 당원의 부인께서 말이오!"

아빠가 엄마의 소매를 잡아끌었다. 엄마는 손으로 얼굴을 감쌌다.

레쉬 씨는 프리드리히를 걷어찼다. 프리드리히는 기대고 있던 현관에서 포석 위로 굴러 떨어졌다. 오른쪽 관자놀이에서부터 셔츠 깃까지 핏자국이 생겼다.

나는 가시가 돋친 장미 덩굴을 경련이 날 정도로 꽉 움켜쥐었다.

"요런 꼴로 죽는 것도 다 제 놈 팔자지."

레쉬 씨가 말했다. (*)

일러두기

유대인의 종교는 '규칙종교, 율법종교'라 불리는 유대교이다. 즉 유대인의 삶은 유대교를 통해 수없이 많은 율법과 규칙의 지배를 받는다. 이러한 율법과 규칙에 가장 중요한 원천을 제공하는 것이 바로 유대인 고유의 히브리어 성경이라 할 수 있는 '토라(Thora : 가르침)'이다.

토라는 기독교인의 구약에 해당하는 것으로, 모세 오경을 포함하고 있다. 토라를 구성하는 것은 유대인의 계산 방식에 따르면, 613개에 이르는 율법들이다. 원칙적으로 볼 때 유대의 풍습 전체가 이 토라로 거슬러 올라간다 해도 과언이 아니다. 물론 각각의 항목은 오랜 역사와 발전 과정을 통해 이루어진 것이기 때문에 그 뿌리를 직접 추적하는 것은 더 이상 불가능하다.

탈무드(Talmud : 배움)는 기원전 5세기와 기원후 6세기 사이에 생겨난 것으로 보이는데, 유대인들이 자신들의 종교적 개별 규칙들에 대해 일반적으로 이해하기 쉽게 설명해 놓은 책이다. 그 중에서도 6세기에 나온 '슐칸 아루흐(Schulchan Aruch : 준비된 식탁)'에 중요한 계율과 규칙, 그리고 항목들이 요약되어 있다. 이 책은 점성술을 믿는 유대인들에게는 오늘날까지도 올바른 종교적 태도에 대한 모범을 보여주고 있다.

『그 때 프리드리히가 있었다』에서 언급된 유대인들의 풍습이 토라를 통해서 직접적으로 이해될 수 없는 경우에는 '슐칸 아루흐(Schulchan Aruch)'를 근거로 삼아서 설명하게 될 것이다.

1) - 8p

'인플레이션' 이라고 하는 화폐가치 절하가 독일에서 처음으로 발생한 것은 1922년 8월이었다. 1923년 11월까지 화폐가치는 계속적으로 떨어졌다. 1923년 11월 15일에 독일정부가 새로운 화폐정책을 실시하면서 인플레이션은 끝이 났다. 이 화폐개혁의 시점을 기해서 1조 페이퍼마르크(Papiermark)는 1렌텐마르크(Rentenmark : 1923년 인플레이션 억제를 위해 도입된 화폐단위 -역자 주)가 되었다. 이 인플레이션으로 수많은 독일인들이 파산하게 되었고, 파산에 따른 실업자의 수도 점점 더 증가하게 되었다. 1930년 12월 말, 독일에는 이미 440만 명의 실업자가 있었고 그 수는 1931년 12월 말 570만 명으로 증가하였다. 1932년에 실업자 수는 600만 명으로 늘어났고, 그 해 경기가 가장 좋았다고 하는 달에도 500만 명 이하로 떨어지지는 못했다.

2) - 15p

신이 유대인과 함께 한다는 동맹의 표시로, 신은 토라에서 유대인들에게 다음과 같이 명하고 있다. (모세 오경 제1권 17장 12절)

"너희 자손 중에서 사내아이가 있거든 태어난 지 팔 일이 되었을 때, 할례를 받게 하라."

3) - 28p

여기에서 말하는 것은 탈리트(Tallith)이다. 독실한 유대인이라면 기도할 때 술 장식이 달린 베일 형태의 두건을 쓰는데 이것이 탈리트이다. 유대인들이 박해 받던 시절, 다른 이주민족 속으로 편입하려는 유대인들에게 이 기도용 베일은 자신의 신분을 드러내는 표시가 되었다. 그래서 커다란 베일 대신에 옷 속에 '작은 탈리트'를 착용하는 경우가 빈번했는데, 그렇게 해서라도 유대인들은 계율을 따라야 했다. 이 기도용 베일의 기원은 모세 오경의 제4권에 나온다. (15장 37/39절)

"그러자 신이 모세에게 말했다. 이스라엘의 자손들에게 말하라. 그들과 그들의 자손은 의복의 끝에 술을 만들고 거기에는 푸른 매듭을 만들게 하라. 이 술로 너희들이 계율을 기억하게 하리라."

4) - 28p

믿음이 강한 유대인의 경우 실내에서도 베일을 벗지 않았다. 특히 기도할 때 그리고 예배를 볼 때에는 머리카락을 덮어 감추도록 했다.

5) - 28p

할아버지의 이 말씀은 기독교인들이 유대인들을 비난하기 위해서 종종 사용하는 주장들 중 하나다.

6) - 30p

계율은 메주자(Mesusah : 계율을 적어 문틀 위쪽에 붙여 놓은 글)를 통하여 지켜 나가도록 하라고 모세 오경 제5권(6장 9절)에 적혀 있다.

"그렇다면 그것(신이 이스라엘 민족에게 내린 계율)을 네 집의 기둥과 문에 적도록 하라."

7) - 31p

안식일(Sabbat : 자바트) 동안은 아궁이의 불을 꺼뜨리지 말아야 한다. 왜냐 하면 모세 오경 제2권(35장 3절)의 토라에는 다음과 같이 씌어 있기 때문이다.

"너희들은 안식일에 집에서 불을 피워서는 안 된다."

8) - 31p

안식일의 불에 대해서는 슐칸 아루흐에 다음과 같이 적혀 있다.

"안식일을 축복하기 위해서 최소한 두 개의 불을 켜야 한다. 또 다른 불을 켜는 것은 허락되지 않기 때문에 안식일 동안에는 여기에서 불을 얻어야 하는 것이다."

9) - 31p
안식일의 빵을 식탁에 차리는 관습도 슐칸 아루흐에 정해져 있다.

10) - 32p
안식일에 대해서는 모세 오경의 제2권(31장 12/15절)에 다음과 같이
설명되어 있다.

"신이 모세에게 다음과 같이 말했다. 이스라엘의 자손에게 나의 안식
일을 지켜야 한다고 전해라. 안식일은 나와 너 그리고 너의 자손을 연결
하는 표시이며, 그것으로 내가 너희들을 구원해 줄 주인이라는 것을 너희
들이 알게 될 것이니라. 그러니 나의 안식일을 지켜라. 그러면 너희가 구
원되리라. 그것을 지키지 않는 자는 사망에 이를 것이다. 안식일에 일하
는 자는 민족에서 쫓겨날 것이다. 여섯 날은 일할 것이나 일곱 번째 날은
안식일이니 그 날은 신이 안정을 취하는 신성한 날이니라."

11) - 32p
기도용 두건 : 경우에 따라서는 머리를 덮기 위해서 모자 대신 사용
한다.

12) - 32p
어린아이들을 위한 축복의 구절은 모세 오경 제1권(48장)에 나온다.

13) - 32p
아내를 위한 축복의 구절은 다음과 같이 시작된다. (잠언 31장 10/31절)
"누가 현숙한 여인을 찾아 얻겠느냐. 그 값은 진주보다 더하니라. 그
남편의 마음은 부인을 신뢰하니, 그에게는 먹을 것이 떨어지지 않을 것
이니라……."

14) - 33p

키두쉬베허(Kidduschbecher) : 안식일을 축복하는 포도주

15) - 33p

식사 전에 손을 씻는 행위는 모세 이후의 고대 이스라엘 율법에 따른 것이다. (마태복음 15장 2절을 보아도 알 수 있다.)

16) - 44p

아스케나제(Askenase)라는 이름은 유대인의 혈통을 갖는다는 사실을 나타낸다. 유대인들은 독일 출신의 유대인들을 칭할 때 아스케나짐(Askenasim)이라고 부르길 좋아하고, 반면에 스페인 출신의 유대인은 오바댜(Obadja) 20장에 따라 세파르딤(Sephardim)이라 부른다. 모세오경 제1권(10장 3절)을 보면, "고머(Gomer)의 자손은 아스케나제, 리파트(Riphath) 그리고 토가마(Thogarma)이다.", "(……) 예루살렘에서 쫓겨나 세파라(Sepharad)로 간 자들은 정오경에 도시를 점령하게 된다." 고 나와 있다.

17) - 46p

아주 독실한 유대인의 경우 수염을 밀지 않는다. 이에 대해서는 모세 오경(19장 27절)에 언급되어 있다.

"너희는 머리카락을 자르지 말 것이며 수염도 밀어서는 안 될 것이다."

18) - 52p

1933년까지만 해도 7세 또는 8세의 소년도 '젊은 독일 민족단(das Deutsche Jungvolk)'에 들어갈 수 있었다. 1933년 이후에야 이 단체에 대한 엄격한 관리가 이루어져서, '독일민족 소년단'은 10세에서 14세까지의 어린이들에게만 열려 있었다. 14세가 되면, 히틀러 소년단

(히틀러 유겐트)으로 소속이 바뀌게 되었다.

19) - 52p

독일민족 소년단 내부의 가장 작은 단위는 소년대였다. 소년대는 대략 열 명의 소년으로 구성되었다. 세 개의 소년대 그룹이 하나의 소대를 이루었고, 세 개의 소대 당 깃발이 하나씩 배당되었다. 각각의 그룹 지휘자에게 주어지는 명칭은 소년대장, 소년대 소대장, 기수대장, 소년대 장교책임자 등이었다. 나중엔 "청소년은 청소년이 이끌어야 한다."라는 강령에 따랐지만 초기만 해도 구성원들보다 지휘관들이 더 연장자인 경우가 많았다.

20) - 52p

1933년까지는 히틀러 유겐트 소속의 단원들과 다른 집단, 특히 독일 공산당(KPD) 사이에는 폭력적인 충돌사태가 자주 일어났다.

21) - 55p

⚡는 루넨문자에서 S에 해당하는 알파벳이다. 이 문자는 독일민족 소년단을 나타내는 기호였다. 친위대는 이 문자 두 개를 결합시킨 ⚡⚡를 자신들의 표식으로 삼았다.

22) - 55p

독일민족 소년단 단원을 부르는 정식 명칭은 '나치 소년단원' 이었다.

23) - 55p

독일민족 소년단의 인사는 '승리에 축복을!' 이었다.

24) - 56p

독일 국가 사회주의 노동당(NSDAP)에서는 당의 관할령 가우(Gau)의 지도부가 제국에서 규정하는 최고의 조직단위였다. 1938년 당시엔

마흔한 개의 국내 관할 가우와 한 개의 외국지부 가우가 있었다. 사람들이 예상하던 개정 제국법이 실시되면 전통적인 주(州) 대신 당 관할령 가우의 체계로 변화하도록 되어 있었다.

25) - 57p

유대교식 도살의 관습은 중세 이래로 유럽인들이 유대인을 공격하는 꼬투리가 되었다. 유대인을 비방하기 위해서 이 도살 관습의 진실을 왜곡하는 일이 흔했다. 모세 오경의 제5권(12장 23/24절)의 구절 -"피는 영혼이니, 피를 먹어서는 안 된다는 점을 명심하라. 영혼을 고기와 함께 먹어서는 안 되며 물과 같이 땅에 부어야 하느니라." - 이 특히 이러한 왜곡의 뒷받침으로 자주 이용되었다. 유대식 도살을 행하는 도살자는 전문적이고 종교적인 기본지식을 알고 있어야 했다.

26) - 81p

주간지 〈돌격대〉가 특히 반유대인적 입장을 취했다.

27) - 85p

한 구는 여러 현지 그룹들로 구성되었다. 구의 지도부는 중간 정도 규모의 도시에 해당하는 지역을 이끌었다. 이러한 지방 구 여러 개가 모여 하나의 관할 영역 지도부인 가우를 형성했다.

28) - 93p

이러한 잔혹사는 특히 중세 스페인의 유대인 박해에서 일어났던 것으로 알려져 있다. 하지만 십자군 전쟁 때 프랑스에서 행해진 유대인 박해나 그 이후 러시아에서 있었던 유대인 박해도 그에 못지않았다. 유대인의 추방과 박해를 지속시킨 원동력은 종교적인 방식뿐만 아니라 체제상으로도 진행된 결과이다. 이는 몇몇 교황과 봉건 제후들이 박해당하는 유대인을 도피시키고 보호해 주었다는 사실을 통해서도 분명하게 알 수 있다.

29) - 118p

'바르 미쯔바(Bar Mizwah)'는 '계율을 받은 아들, 의무를 가진 아들'을 뜻한다. 13세가 되면 유대 남자는 종교적 공동체에 가입하게 된다. 그것을 축하하는 행사가 견진 성사에 해당한다고 볼 수 있다. 공동체에 가입한 날부터 그 유대인은 종교적인 의미에서 자신의 행동과 태도에 대하여 모든 책임을 져야 한다.

30) - 118p

안식일에 해당하는 유대어 '자베스(Schabbes)', 더 정확히 말해서 '굿 자베스(Gut Schabbes)'는 '신성한 주말을 기원한다.'는 뜻이다.

31) - 119p

랍비(Rabbi) : 랍비는 '스승'을 의미한다. 즉, 성직자가 아니라 계율을 가르치는 자 또는 종교적 규칙을 해석하는 자를 말한다. 예루살렘 신전이 파괴된 이후 유대교의 성직자는 존재하지 않는다.

32) - 120p

유대인들은 기도할 때 몸을 흔드는 행위를 정열적인 기도에 대한 표현으로 여긴다. 즉, 유대인은 몸과 영혼으로 기도를 하는 것이다.

33) - 120p

커튼에 대해서는 모세 오경 제2권(26장 31절)에 다음과 같이 적혀 있다.

"푸른 빛과 붉은 빛이 도는 자주색 아마포와 진홍색 실을 꼬아 만든 흰색 아마포로 커튼을 만들어야 할 것이니라."

34) - 120p

이 공간은 모세 오경 제2권(20장 4절)의 계율에 따라 아무 장식이 없어야 한다.

"너희는 위로는 하늘에 있는 것과 아래로는 땅에 있는 것과 땅 아래 물 속에 있는 어떤 것도 그 모양을 본떠 형상을 만들어서는 안 된다."

35) - 120p

여자는 유대교의 예배당(Synagoge) 안에 앉아 있을 수 없다. 여자들은 테라스에 앉거나, 예배공간과 분리된 곳에 앉아야 한다. 가정에서의 역할과 과제 때문에 유대 여자에게는 종교적인 의무는 부과되지 않는다.

36) - 120p

유대인은 항상 토라의 구절을 읽어야 한다. 이는 예배가 랍비에 의해서만 진행되는 것이 아니라 공동체에 의해 이루어지기 때문이다.

37) - 124p

유대인들은 120세까지 사는 것을 소망하는데 그것은 모세가 그 때까지 살았기 때문이다. 이에 대해서는 모세 오경 제5권(37장 4절)에 언급되어 있다.

"모세가 죽었을 때 그의 나이 120세였다."

38) - 128p

아르노 파르둔(Arno Pardun)의 노래 두 번째 줄에 대한 이 버전은 1931년 노래책에도 있으며, 이 버전이 가장 유명하다. 다른 버전은 1933년에 나왔으며 다음과 같다.

"오랜 세월이 나라로 흘러들었고, 민족은 노예가 되어 속임을 당하였네. 우리들 형제의 피가 모래를 물들이네. 신성한 권리를 기만하네.

민족의 피를 받고 태어난 지도자가 오셨네, 우리들 독일에 다시금 믿음과 희망을 주네. 민족이여, 무장하자! 민족이여, 무장하자!"

하지만 이 버전은 끝까지 전해지지 못했다.

39) - 131p

'유대인 박해(Pogrom)'는 러시아어에 기원을 두고 있으며, '파괴하다', '황폐화시키다'라는 의미를 갖는다.

40) - 144p

임종의 순간, 죄의 고백을 종교적 문외한에게도 할 수 있도록 되어 있다. 이러한 관습에 대해서는 슐칸 아루흐(Schuchan Aruch)의 규정이 뒷받침하고 있다.

41) - 145p

임종할 때의 기도는 다양하다. 그 중에서도 특히 중요한 것은 "이스라엘이여 들어라!(Sch'mal Jisroel: Adonoj elohenu; Adonoj echod!)"라는 구절이다. (모세 오경 제5권 6장 4절)

42) - 146p

가족의 임종 시 의복을 찢는 행위를 '케리아(Keriah)'라고 하는데, 이는 추모와 애도의 몸짓을 의미한다.

"루벤(Ruben)이 다시 무덤에 들어갔을 때 그 안에서 요셉을 발견하지 못하자 자신의 옷을 찢었다." (모세 오경 제1권 37장 29절)

43) - 146p

죽은 자의 초는 삶에 해당하는 것이다. 이는 잠언 20장 27절에서 유래한 것이다.

"여호와의 등불은 사람의 영혼이라, 사람의 몸 속 깊은 구석구석을 살피니라."

44) – 152p

영화 〈유대인 쥐스(Jud Süß)〉는 유대인의 부정적인 면을 부각시켰는데, 그것은 계획하고 있던 유대인 정책에 기반을 마련하고자 하는 의도에서 나온 것이었다.

45) – 173p

정삼각형 두 개로 이루어진 '다윗의 별'은 예로부터 유대인의 표식으로 사용되어 왔다. 하지만 여기에 대해서 성서가 반드시 근거를 제시하고 있다고 할 수 없다.

46) – 178p

시편 22편 2/7절

47) – 179p

일가친척을 잃었을 때의 '유대인들의 추모의식'에 대해서는 토라와 욥기 2장 13절에서 찾아볼 수 있다.

"칠 일 낮 칠 일 밤을 그와 함께 앉아 욥의 심한 고통을 보았던지라, 그에게 한 마디도 말을 하는 자가 없었다."

48) – 192p

이 '크리스마스트리'는 공습을 위한 목표점을 설정해 주는 것이다.

연 보

(히틀러가 독일에서 권력을 잡기 시작한 1933년 1월 이후, 유대인 박해를 위해 제정되고 공포된 법과 그 날짜를 표기하였다.)

1933년 1월 30일 아돌프 히틀러(Adolf Hitler)가 독일제국의 수상이 됨.

3월 5일 제국 선거, 유대인 개개인에 대한 제재.

3월 24일 독일제국이 히틀러에게 전권을 위임하는 법을 제정함.(권력이양법)

4월 1일 유대인 상점에 대한 1일 동맹.

4월 7일 비아리아인 공무원에 대한 정직. (참전자는 제외)

4월 21일 유대교식 도살 금지.

4월 25일 비아리아인의 초·중등 및 고등 교육기관의 입학 제한.

6월 16일 독일제국에 50만 명의 유대인이 거주하는 것으로 조사됨.

7월 14일 '독일이 원하지 않는 자'의 경우 독일 국적이 박탈될 수 있다고 규정.

1934년 8월 2일 독일제국의 대통령이던 힌덴부르크(Hindenburg) 사망. 히틀러가 지도자이자 수상으로서 국가원수 자리에 오름.

1935년 3월 16일 국방의 의무 재도입.

1935년	6월 9일	유대 신문의 가두판매 금지.
	9월 15일	독일인 혈통이거나 독일인과 친족 관계에 있는 국민만이 '제국의 국민'으로 인정됨. 유대인은 독일 제국의 국민과 결혼할 수 없음. 유대인은 45세 이하의 독일인을 고용할 수 없음. (뉘른베르크 법안)
	9월 30일	모든 유대인 공무원이 휴직 처리됨.
1936년	3월 7일	유대인에게서 선거권 박탈. 라인 강 지역 재점령.
	8월 1일	베를린의 올림픽 경기장 개장.
1937년	7월 2일	독일학교의 유대인 학생수 제한.
	11월 16일	유대인의 경우 특별한 경우에만 여권 발급.
1938년	3월 13일	독일군대의 오스트리아 침공.
	4월 26일	유대인의 재산 몰수.
	7월 6일	유대인의 경우 종사 직종 (부동산 거래, 혼인 중개, 여행 안내 등) 제한됨.
	7월 23일	1939년 1월 1일자로 유대인은 증명서를 소지해야 함.
	7월 25일	1938년 9월 30일자로 유대인 의사는 '환자 처리자'로만 인정됨.
	7월 27일	유대인의 이름을 따랐거나 유대식의 거리 이름을 모두 없앰.
	8월 17일	1939년 1월 1일자로 유대인은 유대 이름만을 소지할 수 있음. 독일식 이름을 소지하려면 이름 뒤에 '이스라엘(Israel)'이나 '사라(Sara)'라는 명칭을 추가하여야 함.
	10월 5일	유대인들의 여행용 여권은 'J'라는 표시로 구분됨.
	10월 28일	1만 5천 명에 달하는 '무국적' 유대인이 폴란드로 추방됨.

1938년 11월 7일 유대인 헤르쉘 그린츠판(Herschel Grynszpan)이 파리 소재 독일 공사의 참사관 폰 라트(von Rath) 습격.

　　　　11월 8일 유대인에 대한 첫 번째 습격이 시도됨.

　　　　11월 9일 폰 라트 사망. 유대인 박해 시작됨.

　　　　11월 10일 유대인 박해 (9일~10일 밤 '수정의 밤' 사건 발생.)

　　　　11월 11일 유대인의 무기 소지 금지.

　　　　11월 12일 독일 거주 유대인 모두에게 10억 제국마르크에 해당하는 배상금이 부과됨. 유대인은 유대인 박해로 인한 모든 손해를 자비로 배상해야 함. 유대인은 상점과 공장을 운영할 수 없음. 유대인은 극장이나 영화관, 콘서트장이나 전시회장에 갈 수 없음.

　　　　11월 15일 모든 유대 어린이를 독일학교에서 퇴교시킴.

　　　　11월 23일 유대인 소유의 모든 회사는 해체됨.

　　　　11월 28일 이후 유대인에게는 특정한 시기나 장소에서의 이동이 금지됨.

　　　　12월 3일 유대인이 소지하고 있는 운전면허증이나 차량 소유권 박탈.

　　　　12월 3일 유대인은 그들이 소유하고 있는 회사를 매각해야 하며 주식이나 귀금속을 양도해야 함.

　　　　12월 8일 유대인의 대학 입학 및 등록이 금지됨.

1939년 3월 15일 독일군대의 체코 침공.

　　　　 4월 40일 유대인에 대한 세입자 권리보호권이 제한됨.

　　　　 5월 17일 독일제국에 거주하는 유대인의 숫자는 여전히 21만 5천 명에 달함.

　　　　 7월 4일 유대인은 '유대인 제국연합'에 가입해야 함.

1939년 9월 1일	제2차 세계대전 시작. 독일군의 폴란드 침공.
	유대인은 하절기엔 21시 이후, 동절기엔 20시 이후 외출 금지.
9월 21일	폴란드에서 유대인 박해 시작.
9월 23일	모든 유대인은 소유하고 있는 통신장비를 경찰에 반납해야 함.
10월 12일	오스트리아의 유대인들을 폴란드로 강제 이주시킴.
10월 19일	유대인이 지불해야 할 배상금이 125억 제국마르크로 인상됨. 최종 납부기한이 1939년 11월 15일로 공시됨.
11월 23일	폴란드에서 유대의 별 표식 부착 제도 도입.
1940년 2월 6일	유대인에게 의류배급표 지급 중지.
2월 12일	독일 거주 유대인의 제1차 강제 추방.
7월 29일	유대인의 텔레비전 시청권 박탈.
1941년 6월 12일	유대인은 스스로를 '믿음 없는 자'로 칭해야 함.
7월 31일	'최종 해결책' 시작.
9월 1일	모든 유대인은 유대인의 별을 부착해야 함. 경찰의 허가 없이 거주 지역을 떠나지 못함.
10월 14일	독일 전 지역에서 유대인의 강제 추방이 시작됨.
12월 26일	유대인의 공중전화 사용 금지.
1942년 1월 1일	독일제국 거주 유대인의 수는 13만 명으로 감소.
1월 10일	유대인은 모직이나 모피로 된 물건을 모두 국가에 반납해야 함.
2월 17일	유대인의 신문 및 잡지 구독 금지.
3월 26일	유대인의 거주지는 문패 옆에 유대의 별로 표시를 해야 함.

1942년 4월 24일　유대인의 대중교통 수단 이용 불허.

5월 15일　유대인의 애완동물(개, 고양이, 새 등) 소유 금지.

5월 29일　유대인의 미용실 출입 금지.

6월 9일　유대인은 사용하지 않는 모든 의류를 반납해야 함.

6월 11일　유대인의 흡연 금지.

6월 19일　유대인은 전기제품이나 옵틱제품, 타자기나
자전거를 반납해야 함.

6월 20일　모든 유대학교는 폐교됨.

7월 17일　시각장애 또는 청각장애 유대인은 유대인의 표시인
완장을 착용하지 않아도 됨.

9월 18일　유대인은 육류나 달걀 및 우유를 배급받지 못 함.

10월 4일　독일지역의 수용소에 있는 모든 유대인은 아우슈비
츠로 옮겨짐.

1943년 4월 21일　범법행위를 한 유대인은 형 집행 후 아우슈비츠나
루블린의 수용소로 보내짐.

1944년 9월 1일　독일제국에 거주하는 유대인의 수는 1만 5천 명으로
감소.

11월 13일　유대인의 난방 공간 이용 금지.

1945년 5월 8일　제2차 세계대전 막바지에 달함. 독일제국 붕괴.

독일인 소년의 눈으로 독일의 죄를 묻다

유대인이라는 말을 들으면 순식간에 몇 가지 이미지가 떠오릅니다. 셰익스피어 연극에 나오는 돈만 밝히는 잔인한 베니스의 상인, 나치에 의해 독가스실에서 살해된 수많은 사람들, 그리고 전세계의 권력과 부를 움직이는 유능한 인재들…….『그때 프리드리히가 있었다』는 바로 유대인에 대한 이야기입니다. 특히 나치에게 죽임을 당한 슬프고 우울한 운명의 유대인들, 그 중에서도 프리드리히라는 소년에 대한 이야기입니다.

어린 유대인의 눈과 목소리로 세상에 나치의 만행을 알려 사람들의 마음 속에 결코 잊을 수 없는 교훈을 남겨 준 사람은 안네 프랑크입니다. 작가를 꿈꾸던 열네 살 소녀 안네가 암스테르담의 유대인 동네에서 나치에게 쫓기며 보내야 했던 생활을 생생한 일기로 남긴 것입니다. 안네는 숨 막히는 두려움과 배고픔, 고통스러운 피난 생활과 동시에 미래에 대한 아름다운 꿈과 자신만의 뛰어난 재능, 섬세한 우정을 그 속에 표현하였습니다. 그래서『안네의 일기』는 읽는 이의 가슴을 더욱 아프게 했습니다. 안네 프랑크는 아마도 인류 역사상 가장 유명하고 영향력이 컸던 사춘기 소녀일 것입니다.

『그때 프리드리히가 있었다』는 『안네의 일기』와 비견될 만한 감동과 충격을 주는 이야기입니다. 그러나 프리드리히는 일기를 쓰지는 않았습니다. 『그때 프리드리히가 있었다』는 그의 독일인 친구가 떠올리는 기억입니다. 더 자세히 말하면, 프리드리히에 대한 기억을 마치 영화처럼 글로 옮긴 한 편의 소설입니다. 하지만 프리드리히와 '나'가 실제 인물인지, 소설 속의 '나'는 작가이며 프리드리히는 실제로 어린 시절의 친구인지는 알 수 없습니다. 아마 '나'도, 프리드리히도 작가가 만들어 낸 허구의 인물일 것입니다.

독일인 작가 한스 페터 리히터는 '프리드리히'로 대변되는 유대인이 당해야 했던 억울하고 비참한 일들을 독일인 '친구'의 시선으로 세상에 알리고 있습니다. '나'는 친구의 억울함을 직접 보고 느끼고 있지만 너무 어려서 도와 줄 힘이 없기 때문에 그저 답답하고 안타까운 심정으로 바라볼 수밖에 없습니다. 작가는 그런 힘없고 슬픈 독일인 친구를 소설 속 '나'의 모습에 고스란히 담고 있습니다.

『그때 프리드리히가 있었다』는 독일이 히틀러의 손아귀에 휘둘리기 전, 베를린의 서민 주택가에서 다양한 사람들이 어울려 살던 시절로 거슬러 올라갑니다. 아빠가 우체국 공무원이라는 안정된 직업을 가진 프리드리히네 가족과 아빠의 실업으로 외할아버지의 도움을 받아 어렵게 살아가는 '나'의 가족은 서로 이웃으로서의 정과 믿음을 쌓아 갑니다. 그러나 날이 갈수록 그들 사이엔 독일인과 유대인의 구분이 점점 더 뚜렷해지고, 불편하고 마음 아픈 일들이 생깁니다.

작가는 히틀러가 독일을 그의 손아귀에 넣으면서 일반인들 사이에서 일어나는 일상의 크고 작은 변화들을 낱낱이 보여 줍니다. 때로는 나치에 동조해서, 때로는 따돌림 당하기 싫어서, 또 때로는 쉽게 이득을 얻기 위해서 유대인을 몰아 내는 사람들이 생기는가 하면, 그런 변화의 부당함을 인식하고 그 흐름을 되돌리려 노력하는 소수의 사람들도 생겨나게 됩니다. 그러나 우리가 알고 있듯이 역사의 거대한 흐름은 유대인에 대한 박해와 전쟁으로 치닫게 됩니다.

작가는 정겹고 익숙하지만, 때로는 낯설고 놀라운 독일인 친구의 시선으로 프리드리히가 가진 유대인의 특징을 그리고 있습니다. 프리드리히는 '나'와 함께 놀고 장난도 치지만 점차 유대교적 관습에 따라 진정한 유대인으로 자라나기 때문입니다. 그리고 그렇게 성장하는 동안 프리드리히는 점점 살벌해지는 독일 사회로부터 여러 가지 고통을 받게 됩니다. 프리드리히가 사춘기에 접어들고, 첫사랑을 경험하고, 어른이 되어 가는 성장 과정은 유대인으로서 받아야 하는 처절한 고통과 나란히 진행되어 갑니다. 결국 프리드리히는 채 어른이 되기도 전에 거리의 고아가 되어 비참한 죽음을 맞

이하고, '나'는 그의 마지막 모습을 보게 됩니다.

유대인을 단짝 친구로 두었던 독일인인 '나'는 프리드리히에 대한 오랜 추억과 충격을 그대로 간직하고 있는, 프리드리히의 운명의 증인입니다. 『그때 프리드리히가 있었다』는 독일인 소년의 눈으로 유대인들이 겪었던 고통의 역사를 증거하고 애도하며, 독일이 유대인에게 저지른 죄에 대한 용서를 구하는 이야기인 것입니다.

2005년 8월
옮긴이 배정희

〈청소년문학 보물창고〉 더 읽어 보세요!

한스 페터 리히터 Hans Peter Richter

1925년 독일 쾰른에서 출생하여 대학교에서 심리학과 사회학을 공부하고 박사학위를 받았다. 1961년 『그때 프리드리히가 있었다』로 '청소년서적상'을 수상했으며 1993년에는 같은 작품으로 '포켓북 금상'을 수상했다. 그리고 그 해 11월, 마인츠에서 세상을 떠났다. 『그때 프리드리히가 있었다』 이외에도 히틀러 독재 시대를 다룬 작품으로 『우리는 거기에 함께 있었다』, 『젊은 군인들의 시대』 등이 있다.

배정희

1961년 부산에서 태어났으며, 연세대학교 독어독문과를 졸업했다. 독일 괴팅겐대학교에서 석사 및 박사학위를 받은 후, 연세대학교 유럽어문학부에서 학생들을 가르치고 있다. 옮긴 책으로 『잔소리 없는 날』, 『동생 잃어버린 날』, 『내가 아는 특별한 아이』, 『그때 프리드리히가 있었다』 등이 있다.

곧 성인이 될 풋풋한 우리 10대,
Young Adult가 좋아하는 책

핵 폭발 뒤 최후의 아이들 구드룬 파우제방 | 보물창고
'인류의 양심을 뒤흔들어 깨우는 이야기'라는 찬사를 받은 작품. 눈을 감아 버리고 싶을 정도로 냉혹하고 잔인하지만, 아이로니컬하게도 한시도 눈을 뗄 수 없는 소설.
★해법독서논술 필독서 ★문화관광부 선정도서

플립 웬들린 밴 드라닌 | 에프
영화 〈플립〉의 원작 소설. 생기발랄 소녀 '줄리'와 소심 소년 '브라이스'의 풋풋한 첫사랑, 그리고 눈부신 성장! 가슴 벅찬 결말에 이르는 이 환상적인 작품에 독자들은 완전히 사로잡힐 것이다.
★학교도서관저널 선정도서

씁쓸한 초콜릿 미리암 프레슬러 | 에프
"난 먹지 않을 거야. 먹지 않아." 우리는 어쩌다 이런 강박에 빠지게 되었을까. 긴 다리, 날씬한… 등등, 획일화된 현대사회의 미적 기준에 '굿바이'할 수 있는 소설이 우리를 찾아왔다.
★한우리독서토론논술 중고등 추천도서

그 애를 만나다 유니게 | 푸른책들
완벽하다고 믿었던 일상이 한순간에 무너진 순간 '그 애'가 나타난다. 자신이 진정으로 바라는 모습이 무엇인지 고민하며, 절망을 희망으로 바꾸어 나가는 주인공의 성장기.
★책따세 추천도서 ★아침독서 청소년 추천도서

너를 읽는 순간 진희 | 푸른책들
문득 너를 돌아볼 때, 너라는 한 존재를 찬찬히 읽는 그 순간에, 너의 시간에서 외로움은 한 움큼 덜어질 거야. 내일을 꿈꾸며 너는 오늘을 씩씩하게 살아 낼 힘을 얻게 될 거야.
★한국문화예술위원회 문학나눔 선정도서

나는 지금 꽃이다 이장근 | 푸른책들
중학교 〈국어〉 교과서에 실려 청소년들의 애송시가 된 표제작을 비롯하여 70편의 시에 '상상력의 씨앗이 싹을 틔워 울창해지기'를 바라는 교사 시인의 소망이 오롯이 담았다.
★문화관광부 우수교양도서 ★학교도서관저널 추천도서

별에서 별까지 신형건 | 푸른책들
중학교 〈국어〉 교과서 수록 시 「넌 바보다」를 비롯하여, 자신의 속마음을 알아줄 누군가를 기다리며 감성적인 공감대에 목말라하는 청소년들이 일기장에 한번 써 보고 싶은 시들이 가득!
★한국출판문화산업진흥원 청소년 권장도서

곧 성인이 될 풋풋한 우리 10대,
Young Adult가 좋아하는 책

플립

"누구나 일생에 단 한 번, 무지개 빛깔을 내는 사람을 만난단다."

영화 〈플립〉의 원작 소설.

생기발랄 소녀 줄리와 소심 소년 '브라이스'의 풋풋한 첫사랑, 그리고 누구나 성장기 가슴 벅찬 경험에 이르는 이 환상적인 작품에 독자들은 완전히 사로잡힐 것이다.

★학교도서관저널 선정도서

헬륨린 밴 드라닌 | 에프

핵 폭발 뒤 최후의 아이들

구드룬 파우제방 | 보물창고

'인류의 양심을 뒤흔들어 깨우는 이야기'라는 찬사를 받은 작품.

눈을 감아 버리고 싶을 정도로 냉혹하고 잔인하지만, 아이러니컬하게도 한시도 눈을 뗄 수 없는 소설.

★해ём독서논술 필독서
★문화관광부 선정도서

쓸쓸한 초콜릿

미리암 프레슬러 | 에포

"난 먹지 않을 거야. 먹지 않아."

우리는 어쩌다가 이런 강박에 빠지게 되었을까. 긴 다리, 날씬한… 등등. 획일화된 현대사회의 미적 기준에 '낮'바이'한 수 있는 소설이 우리를 찾아왔다.

★한우리독서토론논술 중고등 추천도서